AF295077

*Jos yhtä ainoaa asiaa
saisit toivoa*

Mikaela Jussila

Jos yhtä ainoaa asiaa saisit toivoa

© 2021 Mikaela Jussila

Kustantaja: BoD – Books on Demand, Helsinki, Suomi
Valmistaja: BoD – Books on Demand, Norderstedt, Saksa
ISBN: 978-952-80-6114-4

2016

Kuka tahansa, joka olisi astunut sisään Vaasan Lyseon lukion juhlasaliin, olisi nähnyt vain tavallisen luokkakokouksen. Ihmisiä pöydissä tehden uudelleen tuttavuutta monen vuoden jälkeen, varovaisesti alkaneen puheensorinan muuttuvan pikkuhiljaa luottavaisemmaksi, itsevarmemmaksi.

Juhlasalin laidoille asetetuista kaiuttimista kantautuva Haddawayn yhdeksänkymmentäluvun hitti *What is love* soi juuri sen verran kovalla äänenvoimakkuudella, että jokainen joutui hieman korottamaan ääntään tullakseen kuulluksi, samoin kuin jokainen joutui hieman pinnistelemään kuullakseen. Ilmassa leijui paksuna kollektiivinen nostalgia, johon vaikutti paitsi yhteiset muistot ja tuttu paikka kahdenkymmenen vuoden takaa, myös tieto siitä, että sali oli täynnä yhteisiä salaisuuksia, joista ääneen lausumaton sopimus vannoi olemaan kertomatta eteenpäin. *Nostakoon kätensä pystyyn se, joka ei teini-ikäisenä tehnyt huonoja päätöksiä.*

Tämä sisään astuva *Kuka tahansa* ei olisi huomannut yhden pöydän ylle laskeutuvaa hiljaisuutta – jännittynyttä, suorastaan hyytävää tunnelmaa, joka kohdistui etenkin siihen yhteen tyhjään tuoliin.

– Missä se on? Miksi se ei ole täällä jo?
Kimeä naisääni kipusi yhä suurempiin korkeuksiin. Marina katseli hermostuneena ympärilleen. Vaaleat kiharat liikkuivat pehmeästi hänen kasvojensa ympärillä tehden hänestä entistä täydellisemmän näköisen.

Marinan kauneutta oli vaikea hahmottaa. Jos hänen elämänsä olisi mennyt niin kuin todennäköisesti suurin osa juhlasalissa olevista olisi odottanut, kukaan ei häntä olisi nyt tunnistanut. Hän olisi ollut se sama tyttö, joka kalpeana ja hiljaisena ei koskaan jäänyt kenenkään mieleen. Nyt tilanne oli kuitenkin toinen. Marina ei jäänyt keneltäkään huomaamatta – päinvastoin, kaikki olivat nähneet hänen astuvan saliin kimaltelevassa, kelle tahansa muulle naurettavan lyhyessä hopeamekossa, joka oli paljastanut pitkät ja lähes epätodellisen täydelliset sääret ja takaosasta sukeltanut kohti yhtä täydellistä ristiselkää. He olivat kaikki seuranneet näiden pitkien säärien askeltamista läpi salin ja pöytään numero seitsemän. Ihme juttu, että Marinan kaltaisella ihmisellä ylipäätään oli juolahtanut mieleen osallistua juhliin. Täällä hän silti oli, kuten kuka tahansa kaksikymmentä vuotta sitten Vaasan Lyseon lukiossa abiturienttivuottaan viettänyt.

– Relaa vähän. Se on vain myöhässä. Ei varmaan saa kallista kravattiaan suoraksi.

Normaalisti he olisivat kaikki ajatelleet, että Antti tosiaan on vain myöhässä. Sinä kyseisenä päivänä ainoa, joka uskaltaisi tuollaisen letkahduksen päästää suustaan oli tietenkin Peltonen. Tällä kertaa Peltonen ei kuitenkaan itsekään uskonut siihen, että Antti oli myöhässä. Hän ei myöskään yrittänyt olla hauska, vaikka yleensä tyyppi olikin ensimmäinen nauramaan omille jutuilleen. Se oli vain epätoivoinen yritys keventää tunnelmaa.

Peltonen oli aina ollut kaveriporukan vitsiniekka, ala-asteelta saakka. Silloin hän oli se hassu poika, joka piti luokassa hyvää tunnelmaa yllä, joka teki jokaisesta päivästä hieman normaalia paremman. Kolmekymmentä vuotta myöhemmin hänet leimattiin lähinnä henkilöksi, joka ei koskaan ollut mistään tosissaan. Paitsi nyt.

Sami liikehteli hermostuneena. Hän vääntäytyi kuin väkisin ulos kuluneesta puvuntakistaan ikään kuin se olisi ollut kahle.

– Tämä on naurettavaa. Mitä helvettiä me tänne edes tultiin? Luuletteko tosiaan, että se äijä on tulossa tänne? Luuletteko tosiaan, että joku typerä haamu parinkymmenen vuoden takaa pitäisi typerän lupauksensa? Eiköhän se vanha ukko ole kuollut ja kuopattu jo aikoja sitten.

Sami pyyhki hikeä puskevan otsansa kämmensyrjällään ja nosti oluttuopin huulilleen. Ei muuten ollut päivän ensimmäinen. Tätä päivää oli erityisen hankala sietää ilman muutamaa rauhoittavaa. Tuopin kolahtaessa jälleen pöytään hän sulki silmänsä tuskallinen ilme kasvoillaan hieroen ohimoaan etu- ja keskisormella.

Se, että Antti ei ollut vielä tullut sai kaiken tuntumaan niin lopulliselta. Tätä he olivat kaikki pelänneet uskaltamatta kuitenkaan ajatella mitä se tarkoittaisi, jos niin kävisi.

– Hei, se voi oikeasti vielä tulla.

Peltonen ei uskonut sanoihinsa itsekään. Hän sulki silmänsä ja toivoi, että olisi väärässä. Maiju ja JP olivat hiljaa. Molemmat olivat uppoutuneet puhelimiensa näyttöihin antaen pelkästään peukalon liukua yli ruudun. JP selaili Twitteriä. Se oli Samille liikaa.

– Pankaa nyt helvetti pois nuo helvetin puhelimet! Ettekö tajua mistään mitään? Ettekö ymmärrä, mitä on tapahtunut?

Koko sali hiljeni.

Tiedättekö sen tunteen, kun maailma yhtäkkiä pysähtyy johonkin tapahtumaan? Sen hetken, kun kukaan ei liiku eikä puhu eikä tee mitään? Tuijottaa vain. Kun musiikki hiljenee ja kellojen viisaritkin pysähtyvät? Tämä oli sellainen hetki, eikä se itse asiassa edes johtunut Samin huudosta, vaan siitä, että salin ovi aukesi ja sisään astui valkotukkainen, vanha mies. Kymmenet päät kääntyvät yhtä aikaa samaan suuntaan ja jos oikein pinnistelee, saattaa kuulla pienten, pienten rattaiden liikkuvan, kun nämä kymmenet ihmiset yrittävät omaan kokemusmaailmaansa perustuen löytää selityksen sille, mitä joukosta niinkin paljon erottuva henkilö tekee salissa.

Kun jokainen on siinä jollain tasolla onnistunut, eli on löytänyt itselleen riittävän uskottavan selityksen oudon henkilön läsnäololle, planeetta Maa voi taas muilta osin jatkaa liikettään. Niin se teki nytkin sillä poikkeuksella, että seiskapöydän viisi henkilöä pysyivät yhä jähmettyneinä.

Se oli todellakin hän. Hän oli pitänyt kahdenkymmenen vuoden takaisen lupauksensa ja tullut päästämään heidät pahasta. Kaikki, paitsi yhden heistä.

1996

Luokkahuoneen ovi sulkeutui Majurin selän takana. Muuten hyvä juttu, mutta me olimme kaikki sisäpuolella. Majuri ei itse asiassa ollut mikään majuri, vaan lähes kuolemalta näyttävä, luokanopettajamme sijainen. Itse hän väitti olevansa kuusikymppinen, mikä tuntui aivan mahdottomalta. Tyyppi näytti ainakin satavuotiaalta. Hiukset olivat vitivalkoiset ja kasvot täynnä ryppyjä, sellaisia syviä juovia, joita ei saisi millään täyteaineilla enää siliämään, jos ei niitä täyttäisi akryylimassalla. Majurilla oli nimikin, Heikki. Kukaan ei häntä kuitenkaan sillä kutsunut, paitsi ehkä hänen äitinsä, vaikka sekin tuntui epätodennäköiseltä.

Me olimmekin jossain kohtaa naureskelleet, että todennäköisesti Majuria hänen äidistään ulos kiskonut kätilö oli jo kutsunut häntä Majuriksi. Ja todennäköisesti hän näytti jo silloin satavuotiaalta, sen verran pelottava tapaus hän oli. Ja yhtä todennäköisesti se sama tyyppi, joka häntä oli kiskonut ulos, oli pyrkinyt työntämään hänet takaisin sinne, mistä tulikin. Ja nyt tämä sama helvetillinen otus lempi-

nimeltään Majuri piti meitä vankeinaan suljetussa luokka-
huoneessa.

Kuin alleviivatakseen ajatukseni hän lukitsi oven dramaat-
tisella ranneliikkeellä. Sanomatta mitään hän käveli luokan
etuosaan ja kääntyi meitä kohti. Me olimme kaikki siinä;
minä, Peltonen, Maiju ja Marina, Sami ja JP. Ja olimme
taatusti pulassa.

Ja mistä hyvästä? Olimme päättäneet lintsata yhdeltä tun-
nilta – yhdeltä *ainoalta*, päivän viimeiseltä tunnilta – ja tie-
tenkin se oli Majurin tuuraama tunti. Jos olisimme mietti-
neet asiaa, olisimme tienneet sen katsomalla lukujärjes-
tystä, mutta pitkän sadekauden jälkeen päivä oli aurinkoi-
nen ja lämmin, halusimme vain olla ulkona, juhlistaa kesän
alkua ja syödä jäätelöä torilla tai juoda pussikaljaa sisäsa-
tamassa.

Koska päivä oli niinkin hieno, olimme ensin hakeneet jää-
telöä torilta ja sitten vielä päättäneet lähteä sisäsatamaan
nauttimaan pussikaljat. Siwan pusseissa kilisi ja pallojää-
telö maistui taivaalliselta kulkiessamme iloisina Hovioi-
keudenpuistikkoa pitkin kohti rantaa. Siinä me sitten loi-
koilimme, auringon lämmittämällä laiturilla, kaikki kuusi
vierekkäin, kasvot kohti hehkuvaa lupausta kesästä, kaljat
kädessä. Emmekä olleet ainoita – Hietskun rannalle saakka

ulottuva venelaituri oli täynnä alkukesän railakasta elämää, käärittyjä hihoja ja sortseiksi leikattuja Leviksiä, jotka ensimmäistä kertaa pitkän ja kylmän kevään jälkeen paljastivat vitivalkoiset sääret. Ympäriltä kuului naurua, joku yllytyshullu hyppäsi vaatteet päällä hyiseen mereen ja lähistöllä soi Macarenan sähköiset alkurytmit. Voisiko aurinkoinen päivä tuntua paremmalta? Tiesimme, että illasta koko Hoviskan puisto olisi täynnä nuorisoa ja parhaat paikat vietiin just nyt. Tämä oli the place to be.

Elämä maistui siinä kohtaa vielä aivan mahtavalta. Kello oli lähestynyt yhtä ja olisimme vielä ehtineet tunnille, mutta päätimme jättää sen väliin. Mitä väliä sillä oli, olimmeko tunnilla vai emme, todistukset oli jo kirjoitettu anyway ja käynnissä oli toiseksi viimeinen viikko ennen kesää ja vapautta. Kaiken lisäksi näillä viimeisillä viikoilla ei ollut edes mitään kunnon opetusta. Opettajat olivat keksineet, että jotta nuoriso ei lorvailisi kaupungilla, koululla oli käynnissä abiluokan teemaviikot. No, me olimme kyllä osallistuneet niin moneen työpajaan, että kukaan ei edes huomaisi, vaikka jättäytyisimme jostain pois.

Kellään meistä ei ollut tiedossa mitään kesätöitä, paitsi Samilla, joka sai mennä isänsä firmaan töihin "jos haluaisi", vaan ei halunnut. Niin varmaan. Joka tapauksessa emme vielä tienneet, kuka pääsisi minnekin opiskelemaan, jos minnekään, ja näin ollen kannatti nauttia huolettomasta elämästä niin kauan kuin se olisi mahdollista. Laiturilla maatessamme olimme jotenkin liiankin tietoisia siitä, että tämän kesän jälkeen alkaisi se *Elämä*, jota olimme kaikki jännityksellä odottaneet. Saisimme pian jättää hyvästit nuoruudelle ja huolettomuudelle ja ryhtyä aikuisiksi, halusimme sitä tai emme.

Okei, ehkä emme ihan näin syvällisesti pohtineet asioita, mutta kuitenkin hetkessä oli jotain suurta ja lopullista, ja samalla niin viatonta ja vapauttavaa.

Kuulimme laiturin natisevan lähestyvistä askelista, jotka sen sijaan, että olisivat ohittaneet meidät, pysähtyivätkin kohdalle. Kukaan muu kuin minä ei jaksanut edes avata silmiään. Maiju ja Marina eivät välttämättä mitään olleet edes huomanneet, sillä he kuuntelivat kuulokkeilla musiikkia Marinan upouudesta cd-soittimesta musiikin soidessa niin lujaa, että me kaikki muutkin kuulimme sen yhtä hyvin ilman mitään kuulokkeita. Kukin tyylillään, ehkä he haluavat kuuroutua yhdessä kesän kunniaksi, ajattelin. Avasin toisen silmän ja näin siihenastisen elämäni pelottavimman näyn: Majurin kumartuneena naamani ylle. Hänen kasvonsa näyttivät jopa tavallista pelottavammilta niiden roikkuessa. Näin kuin hidastettuna hänen bulldoggimaiset poskensa heiluvan silmieni edessä. Jos joku haluaisi antaa esimerkin

maan vetovoimasta, olisi tämä hetki ollut täydellinen.
Mutta se ajatus vaihtui äkkiä toiseen, kun Majuri kengän-
kärjellään tökki ensin minua, sitten Samia ja JP:tä. Peltonen
oli kai liian kaukana ja tyttöjä hän ei edes yrittänyt pot-
kaista.

– Kouluun ja sassiin! hän karjaisi – ei – hän ei karjaissut,
hän murisi. En koskaan arvannut, että kuusi ihmistä voisi
nousta selinmakuulta noinkin äkkiä. Tämä porukka oli to-
della nopea ollakseen se sama, joka vain sekunteja aikai-
semmin oli auringosta ja oluesta raukeana maannut puoli-
koomassa laiturilla.

Pelosta jäykkinä keräsimme kamppeemme ja lähdimme jo-
nossa kulkemaan Majurin perässä muutaman korttelin pää-
hän kouluun.

– Päätitte sitten jättää tuntini väliin, Majuri ärähti.
Kukaan ei sanonut mitään. Mitä tuollaiseen vastaisi? Kyllä,
herra Majuri. Ei, herra Majuri, emme tienneet sen olevan
sinun tuntisi.
Paitsi Peltonen. Tottahan toki Peltosen oli pakko murjaista
vitsi juuri tähän saumaan.
– Itse asiassa kyse oli 45 minuutista, eli oppitunnista, ei ko-
konaisesta tunnista. Peltonen teki muutaman tanssiaskeleen

(mahtoikohan hän kenenkään tietämättä hautoa itsemur-
haa?) osoittaakseen olevansa tyytyväinen vitsiinsä. Majuri
ei niinkään.

– Hiljaa! Miksi kaikki nuoret ovat tuollaisia vellihousuja?
Varsinaisia vässyköitä! Majuri alkoi päästä vauhtiin. Kä-
vellessään hänen poskensa heiluivat puolelta toiselle, hän
alkoi enemmän ja enemmän näyttää bulldoggilta.

Käännyimme jonomuodostelmassa Rantakadulta Vaasan-
puistikolle ja pohdimme, mitä ihmettä meille oli tapahtu-
massa. Majuri näytti aavistavan ajatuksemme.

– Pidän teille läksiäislahjaksi aivan oman tunnin, ehkä
voitte vielä oppia jotain elämästä.

Katsoimme toisiamme. Mitä helvettiä olisi tulossa? Ainoa
hyvä asia tässä oli se, että olimme kaikki yhdessä. Jos Ma-
juri tekisi jollekin jotain, olisi paikalla viisi todistajaa.
Koulun ulko-ovi narahti ja paukahti pahaa enteillen.
Marssimme seuraavaksi luokkahuoneeseen, jonka ovi sul-
keutui ja lukittui Majurin käden kautta. Hän sulki ikkuna-
rivin peittävän pimennysverhon.
Peltosen oli vaikea pysyä hiljaa, siihen olimmekin tottuneet
näiden kahdentoista kouluvuoden aikana.
– Hienoa, minkä elokuvan katsomme?
Me muut katselimme häntä epäuskoisina yrittäen pelkillä
katseillamme viestittää hänelle 'ole nyt kerrankin hiljaa'.

Maiju näytti siltä kuin alkaisi hetkenä minä hyvänsä itkemään. Marina oli kalpeampi kuin koskaan, lähes läpikuultava.

– Olet oikeassa. Katsomme elokuvan.

Majuri syötti kasetin VHS-soittimeen ja meni luokan takaosaan istumaan.

– Nyt olette hiljaa ja katsotte. Elokuvan jälkeen avaatte suunne seuraavan kerran, kun minä niin käsken. Ja se koskee myös sinua, koomikko.

Elokuva lähti pyörimään ja katsoimme sitä kaikki silmät pyöreinä, kuin jähmettyneinä paikoillemme. Siinä olimme me.

Kuvittelisin, että juuri tältä tuntuu, kun kuoleman koittaessa näkee koko elämän vilahtavan ohitse kuvien muodossa. Sillä sitä se tosiaankin oli. Sen tiesi jo ensimmäisestä otsikosta: Osa I Marina 1977–2063. Halusin katsoa Marinaa, mutta en pystynyt kääntämään päätäni. Yritin vilkaista häntä silmäkulmastani, mutta näin vain hänen järkyttyneen katseensa, hänen isot tummat silmänsä, jotka vaaleiden kiharoiden takaa tuijottivat kuin naulattuina ruudusta heijastuvaa kuvakavalkadia. Ohi pyörähtivät kaikki Marinan elämän hetket. Paljon sellaisia, joista emme tienneet mitään, mutta myös hetkiä, jotka tunsimme paremmin kuin hyvin, sillä olimme kahdentoista vuoden aikana ehtineet tehdä runsaasti asioita – hyviä ja huonoja – yhdessä. Näimme hänet aivan pienenä tyttönä, mutta myös makaamassa laiturilla farkkutakissa ja pitsireunaisissa pyöräilyhousuissa vain parikymmentä minuuttia aikaisemmin. Tämä ei voi olla totta, ajattelin, tämä ei ole mahdollista. Pohdin hetken, olinko nukahtanut laiturille ja näinkin unta. Se oli yksi mahdollisuus. Mutta se tarkoittaisi, että olisin nyt tietoinen unestani, ja minun pitäisi voida herätä. Yritin herättää itseni ajatuksen voimalla, mutta en onnistunut siinä. Eikä tämä toisaalta tuntunut lainkaan unelta. Jatkoin elokuvan tuijottamista, ja se eteni kuin etenikin tulevaisuuteen. Ei voi olla totta, hoki pieni ääni päässäni.

Näimme Marinan ylioppilasjuhlat, hänen humaltuneen isänsä ja itkuisen äitinsä.

Hienoa, ajattelin, yksi meistä ainakin läpäisisi ylioppilaskokeen. Toisaalta Marinan kohdalla se oli itsestään selvää, sellainen hikipinko se oli aina ollut. Seuraavaksi näimme hänet istuvan hämmentyneen näköisenä jossain luentosalissa ja treffeillä jonkun kaljamahaisen, hikoilevan tyypin kanssa. Katsoimme kauhuissamme, kun hän meni kaljamahan kanssa naimisiin ja itki omissa häissään vessassa. Olisin halunnut nousta halaamaan Marinaa, mutta tiesin jo tässä vaiheessa sen olevan mahdotonta. Tämä on kammottavaa jo nyt, ajattelin, mitä se olisikaan, kun vuorossa olisi oma elämäni?

Sitä ei tarvinnutkaan odottaa sen kauemmin, sillä seuraavana vuorossa olin minä. Osa II Antti 1977–2016. Tunsin sydämeni hyppäävän muutaman lyönnin yli, sitten se alkoi juosta kuin vauhkoontunut hevonen. Mieleeni tuli muuan ravihevonen, joka pelästyessään raviradalla heitti kuskinsa kyydistä ja juoksi täysillä rataa ympäri kahdeksan kierrosta ennen kuin rauhoittui. Se hevonen oli sydämeni, joka hakkasi niin lujaa, että pelkäsin sen tekevän reiän rintaani ja sitten heittävän minut kyydistään. Minä kuolisin kahdenkymmenen vuoden kuluttua. Great.

Näin syntymäni, ensimmäiset vuoteni, ensimmäisen koulupäiväni, Marinan kanssa vaihtamani suudelman (se tapahtui kymmenen vuotta sitten, ala-asteella, mutta tunsin siitä huolimatta JP:n mustasukkaisen katseen polttavan niskassani. JP oli rakastanut Marinaa ensimmäisestä koulupäivästä saakka, mutta ei ollut koskaan sanonut siitä mitään. Se oli vain meille kaikille niin ilmeistä, jopa Marinalle, mutta hänkään ei koskaan ollut ottanut asiaa puheeksi eikä varmaan koskaan sitä tekisikään.), vanhempieni eron, ylioppilasjuhlani (hienoa, minäkin pääsisin ylioppilaaksi), omaksi suureksi hämmästyksekseni päätökseni keskeyttää kauppatieteen opinnot, naisen, jonka kanssa menisin naimisiin, kolme lasta. Jostain syystä koin, etten ollut kuvissa kovinkaan onnellinen. Näin itseni menevän töihin joka päivä johonkin konttorirakennukseen ja palaavan väsyneenä lähijunalla kotiin myöhään illalla. Tuotako se aikuisuus olisi? Miksi ei näytetty lainkaan onnellisia hetkiä? Toisaalta omat vanhempani olivat aina näyttäneet juuri tuolta, väsyneiltä ja kuluneilta. Ensimmäistä kertaa pelkäsin, että elämä olisikin vain yhtä raatamista, velvollisuuksien täyttämistä, perheen perustamista sen takia, että niin kuului tehdä. Ensimmäistä kertaa mieleeni tuli ajatus, ettei aikuisuus ehkä ollutkaan niin hohdokasta. Hetken verran mietin, että ehkä pitäisikin ajatella, että olisi onni kuolla ennen 40-vuotispäiväänsä.

Olin jo kauan unelmoinut jännittävästä urasta rahoitusalalla, vaikkapa sijoitusyhtiössä tai pörssissä, työstä, joka toisi minulle sen verran rahaa, että voisin tehdä muita jännittäviä asioita, kuten purjehtia maailman ympäri, elää luksuselämää suurkaupungeissa. Olin myös täyttänyt päiväuneni kalliin näköisillä naisilla ja vielä kalliimman näköisillä autoilla. Mielellään yhdessä. Mitään sellaista ei kuitenkaan ollut havaittavissa näkemästäni. Ja sitten kaikki musteni. Osa II vaihtuisi osaan III, mutta kukaan ei kertonut, miksi kaikki päättyisi omalta osaltani jo kahdenkymmenen vuoden päästä. Halusin halata toista ihmistä enemmän kuin koskaan. Samalla minut valtasi epäusko. Mitä hemmetin pulunkakkaa tämä oli? Mitä ihme aivopesua tuo ukko yritti?

Osat III, IV, V ja VI jäivät minulta näkemättä. Tai toki ne pyörivät siinä silmieni edessä, enhän minä pystynyt kääntämään katsettani mihinkään muuhunkaan, mutta en silti *nähnyt* niitä. Olisin voinut sulkea silmäni, mutta se olisi ollut turhaa, sillä aivoni eivät nytkään lähettäneet mitään signaaleja silmieni kautta tulevista kuvista. Jos lobotomia tuntuu joltain, oli tämä varmaankin lähellä sitä. Mikään ajatus ei liikkunut, sen sijaan pääni sisällä tuntui olevan sumuinen massa jotain epämääräistä, ja se liikehteli jotenkin oudon hitaasti ja nytkähdellen. Aina välillä saatoin saada kiinni jostain ajatuksen tyngästä, joka kuitenkin heti liittyi taas osaksi harmaata massaa, joka taas nytkähti eteenpäin. Aivotoimintani muistutti jäähtyneen kaurapuuron liikettä, kun tarpeeksi kallistaa lautasta.

Elokuva loppui. Majuri nousi paikaltaan ja avasi verhot. Päässäni nytkähtelevä kaurapuuro lähti liikehtimään hieman nopeammalla tahdilla, kunnes pikkuhiljaa aloin saada jonkinlaisista ajatuksista taas kiinni. Saatoin jopa katsoa muita. Epätodellinen tilanne alkoi tuntua yhä enemmän normaalilta, vaikka tiesin, ettei mikään enää koskaan palautuisi siksi normaaliksi, mikä meille ennen oli niin tuttua. Vaihdoin vaivihkaa katseita Marinan kanssa. Hänen kalpeutensa oli saavuttanut aivan uudenlaiset mittasuhteet, enää hän ei ollut valkoinen, vaan tuntui lähinnä läpikuultavan siniseltä. Itse asiassa Marina näytti täydelliseltä meduusalta. Näin kaikki hänen kasvojensa verisuonet, jotka muodostivat kummallisen ja huntumaisen verkon. Hänen isot, tummat silmänsä näyttivät pelokkailta ja surullisilta yhtä aikaa. Hän ojensi minulle kätensä ja tartuin siihen. Se tuntui kylmältä ja lamaantuneelta.

– No, miltä elämä teistä tuntuu, vellihousut?
Majurin murina puhkaisi siihen asti huoneen täyttäneen paksun hiljaisuuden. Kukaan meistä ei vastannut. Peltonenkin oli hiljaa. En tiedä miksi, mutta tuli mieleen, vitsailisiko hän enää koskaan. Nauraisimmeko enää koskaan hänen typerille jutuilleen? Nauraisimmeko enää koskaan yhtään millekään?

Majuri tarttui siniseen tussiin ja kirjoitti jotain taululle. Marina kääntyi katsomaan ja antoi käteni livetä otteestaan. Halusin tarttua hänen käteensä uudestaan, sillä jostain syystä se tuntui ainoalta mahdollisuudelta pysyä edes jollain tasolla kosketuksissa todellisuuteen.

"Te… voitte... valita... tulevai...suutenne."
Majuri alleviivasi kirjoittamansa lauseen.
– Vellihousut, näitte juuri elämänne vilahtavan ohi silmien, eikä se välttämättä tuntunut hyvältä, vai olenko väärässä?

Kukaan ei taaskaan vastannut. Olimmekohan mykistyneet loppuiäksi? Olisin halunnut kokeilla ääntäni, katsoa, pystyisinkö vielä muodostamaan ääniä, tavuja, lauseita puhelimilläni, mutta en halunnut olla se, joka puhui ensimmäisenä.

– Tuolta se kuitenkin tulee näyttämään, mikäli ette itse tee asialle jotain. Jos te jatkatte elämäänne tuollaisina vellihousuina, tulee se olemaan juuri sellainen, kuin näitte. Tismalleen samanlainen. Tis-mal-leen, Majuri toisti.

En ollut sisäistänyt muita kuin omani ja Marinan elämän, mutta oletin, että muutkin olivat kokeneet ennemminkin pelkoa ja inhoa kuin intoa tulevaisuuttaan kohtaan.

– Te voitte kuitenkin valita tulevaisuutenne. Jos teette erilaisia valintoja kuin tähän asti, voi se olla hyvinkin erilainen kuin mitä äsken näitte.
Majuri näytti nauttivan tilanteesta. Hänellä oli kaikki valta maailmassa tällä hetkellä.
– Voitte toteuttaa villeimmät fantasianne.
Hän katsoi meihin kaikkiin vuorotellen, kunnes pysähtyi minuun.
– Te kaikki.

Tähän asti kukaan ei ollut sanonut mitään, siksi pelästyinkin, kun yhtäkkiä kuulin JP:n äänen selkäni takaa.

– Anteeksi vain, mutta tämä on tosi sairasta. Olet sairas! Ja minä lähden nyt!

JP nousi tuoliltaan ja horjahti kohmeessa olevien jalkojensa päällä. Hän nosti Mighty Ducks -reppunsa olalle ja katsoi meitä muita.

– Itse asiassa, me kaikki lähdemme nyt.

Hän katsoi meitä.

– Lähdetään.

Tässä oli se syy, miksi tämä tyyppi oli yksimielisesti valittu oppilaskunnan puheenjohtajaksi ilman äänestystä. JP oli luontainen johtaja, joka sai massat liikkeelle ja ajatteli aina yhteistä hyvää. Jo ala-asteella opettajat olivat huomanneet hänen kykynsä johtaa joukkoja. JP:ssä oli jonkinlaista positiivista energiaa, josta kaikki halusivat saada osansa. Neljännellä luokalla luokanopettaja olikin päättänyt ratkaista luokalla kytemään lähteneen kiusaamisongelman pyytämällä JP:tä puuttumaan asiaan. JP kokosi porukan ympärilleen välitunnin aikana ja sanoi, että meidän luokalla ei kiusata, että olemme kaikki yhtä porukkaa ja vain yhdessä olisimme vahvoja. Että vaikka olemme keskenämme erilaisia, kaikki ovat samanarvoisia. Hän lopetti vielä puheensa sanomalla, että enää hän ei halunnut nähdä mitään kiusaamista tämän porukan kesken. Ei tarvinnut olla selvännäkijä tietääkseen, että kiusaaminen loppuisi siihen.

Katsoin ensin Marinaa, sitten Maijua, Samia, Peltosta, ja lopuksi taas JP:tä. Minä halusin tietää, miten voisin täyttää elämäni villeimmät fantasiani, ja jos tämä ihme tyyppi, satavuotiaalta näyttävä hyypiöäijä pystyisi siihen vaikuttamaan, niin olkoon sitten niin. Varsinkin, jos kuolisin kahdenkymmenen vuoden kuluttua.

– Minä haluan kuulla lisää, sanoin.

Marinan silmät suurenivat entisestään, hän halusi selkeästi lähteä JP:n mukaan.

– Minä myös, kuului Samin ääni.

– Kai me voidaan kuulla, mitä tämä jumalana esiintyvä tässä haluaa meille kertoa. Lähdetään sitten sen jälkeen vetämään.

Peltonen yritti taas olla hauska. Sinänsä se oli hyvä merkki siitä, että kaikki voisi jotenkin joskus palautua vielä normaaliksi.

Katsoin Maijua, joka ei sanonut mitään, sen sijaan hän näytti olevan pienen vapinan kourissa. Hän sulki silmänsä. Tulkitsin sen myöntymisen merkiksi.

– Marina ja JP, jääkää tekin tänne, lähdetään sitten kaikki yhdessä.

Kun päästin ne sanat suustani, tuntui jostain syystä siltä kuin olisin myynyt sieluni. Tästä seuraisi joko hyvää tai pahaa, mutta jotain suurta. Se oli aivan varma juttu. Olinkohan liian itsekäs? Tavoittelin omaa etuani, mutta tulisiko se muiden kustannuksella? Siinä kohtaa en tiennyt, että pohtisin samaa asiaa vielä vuosia myöhemmin.

Majuri oli istahtanut pulpetille ja odotti kai meidän pääsevän johonkin lopputulokseen. Hän nyökkäsi JP:lle.
– Voit mennä tai jäädä, se on oma asiasi. Mutta jos menet, tiedät miltä tulevaisuutesi näyttää. Mutta sekin on oma valintasi.
JP katsoi meitä muita pettyneenä ja taisi jopa mutista "te olette hulluja", mikäli kuulin oikein, ennen kuin istahti taas paikalleen. Reppu valahti olalta lattialle.

– Hyvä, vellihousu, voimme siis jatkaa yhteistä matkaamme.
Majuri nousi kuin mikäkin Folke West ja noukki taas kynän käteensä. Tällä kertaa hän kirjoitti meidän kaikkien nimet allekkain taululle ja alleviivasi Marinan.

– Marina. Kalpea ja pelokkaan oloinen, outo tyttö. Sinun kohtalosi sinetöityy ihan vain siksi, ettet tule koskaan uskaltamaan sanoa omaa mielipidettäsi kenellekään. Siksi saat aina kulkea muiden sinulle piirtämiä polkuja, etkä tule koskaan olemaan onnellinen. Hauskaa, eikö olekin?

Marina kalpeni entisestään. Hän nielaisi kurkussa olevan

palan ja katsoi Majuria pelokkain silmin. Hän tiesi sen kaiken olevan totta. Hän ei ollut vielä kertaakaan kertonut omaa mielipidettään missään tärkeässä asiassa, vaan oli aina ollut muiden vietävissä. Miksi, sitä hän ei oikein itsekään ollut käsittänyt. Jollain tapaa kai hän ajatteli, ettei hänen mielipiteillään ollut merkitystä. Tai että kaikkien muiden mielipiteillä oli enemmän merkitystä. Nytkin hän oli täysin vanhempiensa toiveesta hakenut oikikseen, vaikka se ei häntä yhtään kiinnostanut. Kaikista eniten hän olisi halunnut työskennellä lasten parissa, joko hyväntekeväisyydessä tai sosiaalialalla, mutta se ei hänen juristi-isälle käynyt. Hyväpalkkainen, aina yhtä varma kokoomuksen kannattaja oli sitä mieltä, että köyhyys oli köyhien oma vika, ja että sosiaaliala on luusereita varten. Luuserit auttamassa muita luusereita. Eikä Marina sanonut siihen mitään, vaan haki siis sellaiseen yliopistoon, jossa saattoi toteuttaa isänsä unelmia. Ei hän voinut muuta kuin toivoa, ettei pääsisi sisään.

Enemmän kuin mitään muuta hän kuitenkin toivoi, että hänet huomattaisiin, että hän ei aina joutuisi olemaan se, joka kerta toisen jälkeen joutui kertomaan nimensä ihmisille, jotka hän oli tavannut monta kertaa ennenkin. Se oli nöyryyttävää.

– Mikä on suurin toiveesi?

Majurin ääni kuulosti hämäävän lempeältä. Siinä miehessä tuskin oli yhtään lempeyttä. Ei soluakaan. Marina mietti, oliko edes merkityksellistä avata suunsa tässä absurdissa tilanteessa.

– Mieti tarkkaan. Jos yhtä ainoaa asiaa saisit toivoa.

Marina keräsi rohkeutta. Hänen kurkunpäänsä liikkui ylös ja alas peräkkäisistä nielaisuista.

– Haluan, että minut huomataan. Haluan, että minut muistetaan.

Marina katsoi unelmaansa häpeillen pulpettiin ja hämmästyi paitsi omaa puhettaan, myös Majurin nopeasta vastauksesta.

– Hyvä! Se on järjestettävissä. Mitä muuta toivot?

– Haluan tehdä töitä lasten parissa. Haluan auttaa hädässä olevia.

Jollain tasolla Marina tunsi vapautuvan, kun häneltä kysyttiin, mitä juuri hän haluaa. Kun Marinalle annettiin mahdollisuus ilmaista, mikä hänelle on tärkeää, hän esitti unelmansa hyvin selkeästi. Samalla hänet valtasi häpeä, sillä miksi juuri hänen toiveensa pitäisi toteuttaa? Marina piti katseensa tiukasti pulpetin kannessa. Eniten häntä hävetti se, että hän sanoi nämä asiat ääneen.

– Selvä, vastasi Majuri. Se kuulosti epäilyttävän yksinkertaiselta. Majuri veti Marinan nimen alle pari ranskalaista viivaa. Toisen perään hän kirjoitti "tulla huomatuksi ja

muistetuksi". Toisen perään taas "työ lasten parissa, hyvän-
tekeväisyys".

– Kuuntele, Marina. Voit valita tämän ensimmäisen unel-
masi toteutettavaksi, mutta se tapahtuu toisen unelmasi hin-
nalla. Kaikkea ei voi saada. Mitä et tiedä on se, millä tavalla
unelmasi toteutuu. Mikäli et valitse sitä, tiedät kohtalosi,
sillä olen sen sinulle näyttänyt.

Marina katsoi minuun pelokkaana. Hänen silmänsä viestit-
tivät minulle 'Mitä teen?'. Olin aina toivonut, että hän löy-
täisi rohkeutta olla oma itsensä, tehdä omat valintansa ja
kehittyä joksikin omaksi. Mutta en vain koskaan ollut näh-
nyt, miten se voisi tapahtua. Jos ylipäänsä olin valveilla,
ehkä tässä olisi ratkaisu. Nyökkäsin Marinalle, yritin olla
jollain tavalla rohkaiseva kuitenkaan tekemättä päätöstä
hänen puolestaan. Hänen olisi tehtävä se itse.

– Pitääkö minun vastata nyt?

Hänen kimeä äänensä oli entistä kimeämpi.

Majuri huokaisi.

– Vaikea päätös, eikö vain? Varsinkin sinunlaiselle, voin
kuvitella.

Hetken verran hän ei sanonut mitään, vaan rypisti vain en-
tisestään ryppyistä naamaansa.

– Voit miettiä hetken, hän sitten sanoi ja käänsi katseensa
minuun.

– Antti! Sinun kohdallasi tämä peli on kaikista mielenkiintoisin. Sinulla on kaksikymmentä vuotta aikaa – haluatko tuhlata ne ikävään arkielämään vai haluatko elää täysillä? Majuri kallisti päätään taaksepäin ja päästi suustansa murisevan naurun. Hän todella nautti tilanteesta.

Peltonen ja JP liikehtivät hermostuneina tuoleissaan. Majuri alleviivasi nimeni taululla. Marinan silmät täyttyivät kyynelistä. Hän tarttui jälleen käteeni. Ajatuksissani ehdin toivoa, että olisimme vielä maanneet laiturilla auringonpaisteessa, olutpullot käsissämme. Miten elämä voikaan muuttua niin lyhyessä hetkessä niin totaalisesti? Ja niin epätodellisella tavalla? Kun tuntia aikaisemmin olin murehtinut tulevia velvollisuuksia, nyt päässäni pyöri vain ajatus siitä, miten voisin välttyä mahdollisimman monelta ja nauttia elämästä mahdollisimman paljon. Peltonen luki ajatukseni aika hyvin, sillä hän kuiskasi "minimum input maximum return".

Mitä jos voisinkin tehdä päätöksen tänään ja valita tekeväni vain asioita, joista oikeasti nautin? Näin sieluni silmin tutut unelmani, joissa pääosassa olivat raha, autot ja naiset. Yksi ajatus kuitenkin tunki väkisinkin mieleen. Minun oli pakko kysyä.
– Jos valitsen paremman elämän, voinko elää pidempään? Majuri murahti taas nauruun.

– Kuten juuri sanoin, kaikkea ei voi saada. Se koskee myös sinua.

Marina puristi kättäni.

– Valitsen...

Majuri nosti kätensä.

– Älä muuten sanokaan vielä. Tiivistetään jännitystä, niin voidaan lopuksi katsoa, miten te vellihousut valitsette.

Hän alleviivasi seuraavan nimen.

– Peltonen. Sinulla on varmasti jokin tähän sopiva vitsi, vai ovatko vitsit vähissä?

Peltonen terästäytyi.

– Anna palaa, vanha ukko.

Majuri päästi jälleen suustaan sarjan murisevaa nauruaan.

– Mikä on unelmasi? Haluatko loppuelämäsi olla se pelle, jota kukaan ei ota tosissaan?

– Mitä se edes sulle kuuluu?

JP oli taas ärsyyntynyt.

– Lähde äijä kävelemään.

Hän sai sen kuulostamaan uhkaukselta. Katsoin Majuria, joka ei vaikuttanut reagoivan JP:n sanomisiin ollenkaan, sen sijaan hän roikotti kynää etusormen ja peukalon välissä heilauttaen sitä samalla puolelta toiselle.

– Kello käy, Peltonen, kerro minulle unelmasi.

Peltonen näytti vaivaantuneelta. En itse asiassa yhtään tiennyt, minkälaisista asioista hän saattaisi elämässään unelmoida. Siis vakavasti puhuen. Toki hän aina vitsaili asiasta.

– No niin Peltonen, tässä on sun mahdollisuus ruveta pornotähdeksi.

Tämänkertainen vitsiniekka oli Sami, joka tähän asti oli istunut hiljaa. Nauroimme kaikki ääneen – jopa Maiju päästi suustansa pienen naurahduksen. Tuntui vapauttavalta nauraa, olisin halunnut jatkaa sitä, mutta Majuri kirjoitti jo taululle.

– Pornotähti. Haluatko Peltonen pornotähdeksi? Mietipä tarkkaan, mitä toivot.

– En minä pornotähdeksi halua, ei se ole unelmani.

Peltonen kuulosti kerrankin vakavalta. Hän katsoi Majuria kirkkain silmin.

– Haluan gynekologiksi.

JP ja Sami räjähtivät nauruun. Sami kurkotti taputtamaan Peltosta selkään.

– Sä oot niin kone, tajuutsä? Suorastaan nerokasta!

Peltonenkin oli tyytyväinen. Me muut katsoimme kauhuissamme, kun Majuri pyyhkäisi kämmensyrjällään pornotähden ja kirjoitti taululle "gynekologi".

– Mitä muuta haluaisit elämältäsi kuin katsella naisten jalkoväliä?

– Kai minä haluaisin perheenkin.

Majuri lisäsi taululle sanan "perhe". Yhdistelmä oli erikoinen. Taululla luki selkeästi Peltosen nimen alla ”gynekologi, perhe”. Siinäkö ne hänen unelmansa todellakin olivat? Mitä jos tämä ei ollutkaan mitään ihmeellistä aivopesua, vaan todellista totta? Miten Peltonen uskalsi ottaa tuollaisen riskin?

Oli Samin vuoro.

– Haluan johtajaksi johonkin suureen firmaan.

Tai jos en johtajaksi, niin ainakin hyvään asemaan ja niin, että saan siitä paljon rahaa.

– Eli vellihousu haluaa johtajaksi, mutta jänistää heti alkumetreillä eikä haluakaan johtajaksi. Alkoiko vastuu painaa? Majuri kirjoitti taululle "paljon rahaa". Toiselle riville ilmestyivät sanat "johtava asema isossa firmassa".

Maijun nimi alleviivattiin.

– Maiju, olet kovin hiljainen. Onko neiti ehtinyt miettiä, mitä elämältään toivoisi?

Äänensävy oli sarkastinen.

Majuri jäi kynänkärki taulussa odottamaan Maijun vastausta. Maiju katsoi ensin Marinaan ja sitten omia käsiään. Maiju oli aina ollut erikoinen tyyppi. Jollain lailla intohimoton. Yhtäkkiä tajusin, miten huonosti tunsimmekaan toistemme ajatuksia ja unelmia, vaikka olimme jo yli kymmenen vuotta olleet samoissa porukoissa. Tunsimmeko loppujen lopuksi toisiamme lainkaan?

Maijun rooli meidän kaveriporukassa oli aina liittynyt hänen ja Marinan ystävyyteen. Harvoin hän avasi suunsa missään asiassa, eikä hän koskaan tuonut itseään esille. Minun oli itse asiassa aivan mahdotonta arvata, mistä hän saattoi unelmoida.

– No? Majuri murisi jälleen.
– En tiedä. En minä mitään erityistä halua.
Maijun ääni oli hiljainen.

Hän näyttää niin heiveröiseltä, mietin, ja katsoin hänen kapeita hartioitaan. Halusin ravistaa häneen edes jonkinlaista elämää, mutta samalla tuntui, että häntä olisi pitänyt suojella Majurilta.
Majuri ärähti ja kirjoitti taululle "ei mitään erityistä".
– Tätäkö sinä todella haluat? Sinulla olisi mahdollisuus toivoa mitä tahansa, mutta et halua "mitään erityistä"?
Maiju kohautti olkapäitään ja mumisi jotain, mitä minä en kuullut. Eikä näköjään Majurikaan.
– Puhu nyt hyvä ihminen niin, että siitä saa selvää!
– Haluan ehkä vain ihan tavallisen elämän.
Majuri pyyhkäisi kädensyrjällään Maijun nimen taululta. Marinan silmät suurenivat entisestään.

JP oli viimeinen.
– Haluan vain vittuun täältä, hän sanoi ennen kuin Majuri ehti mitään sanoa.

– Ymmärränkö oikein, vässykkä, haluat samalle uralle kuin tuo Peltosen pelle?

Peltonen oli valmis heittämään yläviitoset JP:n kanssa, mutta ei saanut toiveelleen vastakaikua.

– Kuule äijä, sun ei tarvi tulla sanomaan, mitä mä elämälläni teen. Se on ihan mun oma asiani, ja jos se ei sulle käy, niin voidaan vaikka yhdessä mennä rehtorin puheille. Mitäköhän sekin sanoisi, kun tietäisi että sä pidät meitä täällä väkisin? Haluksä jonkun syytteen vapaudenriistosta?

Majuri pyyhkäisi jälleen yhden nimen pois. Nyt niitä oli taululla enää neljä: Marina, minä, Peltonen ja Sami.

– No niin Antti, katsotaan, pääsemmekö me yhteisymmärrykseen. Mitä toivot elämältäsi? Sinulla on vuosia jäljellä tasan kaksikymmentä.

Nielaisin pari kertaa ja katsoin Marinaa. Jos tämä friikkitilanne oikeasti olisi mahdollisuus saada toivoa elämältään mitä haluaa, olisin tyhmä, jos en siihen tarttuisi. Jos kaikki taas olisi bullshitiä, niin sitten se olisi. Mutta siinä hetkessä oloni oli kuin räppärillä.

– Haluan rahaa, luksusta ja naisia, vastasin.

Pitihän se riski ottaa, kun se oli tarjolla.

Sinä päivänä, 19-vuotiaana tyhjäpäänä, tein päätöksen loppuelämästäni silmiä räpäyttämättä.

2016

Majuri lähestyi pöytää. Kaikki sen ääressä olevat vilkuilivat toisiaan. Hän näytti täsmälleen samalta kuin parikymmentä vuotta sitten ja todennäköisesti myös siltä samalta, miltä oli näyttänyt aina. Sami pyyhki hikeään tällä kertaa hihallaan, Maijulla ja JP:llä puhelinten näyttöä pyyhkivät peukalot olivat pysähtyneet ruudulle. JP:n puhelimen näyttö välkkyi sormen alla.

– Ei ole todellista.

Marinan silmät olivat suuremmat kuin koskaan. Hän kuulosti surulliselta, ja he tiesivät kaikki miksi. Tämä sinetöi Antin kohtalon – oikeastaan heidän kaikkien kohtalon. Jos Majuri ei olisi tullut, olisi se ollut merkki siitä, ettei se kuitenkaan ollut totta. Nyt se kaikki oli todellisempaa kuin mikään muu. Marinan täydellisesti rajattu alahuuli vapisi.

– Iltaa, vellihousut!

Majuri vetäisi itselleen tyhjän tuolin ja istahti Antin paikalle.

– Ja sitten heitä oli viisi.

Muut katsoivat toisiaan kauhistuneina.

Miten ihminen kehtasikaan ilmestyä paikalle pari vuosi-
kymmentä myöhemmin ja päästää suustaan jotain tuol-
laista? Tilanne oli yhtä absurdi kuin silloinkin. Ainoana
erona oli se, että nyt paikalla oli runsaasti todistajia. Sekään
ei näyttänyt estävän tapahtumasarjan jatkumista. Kuin oli-
sivat joutuneet osaksi jotain Hitchcockin trilleriä, pöydässä
numero seitsemän kohtaukset seurasivat toisiaan yhtä var-
masti kuin täydellisesti asetetut dominopalikat kaatuilivat.

– Mitä vittua sä oot Antille tehnyt?
Peltonen nousi seisomaan niin äkillisesti, että hänen tuo-
linsa kaatui. Viereisistä pöydistä käännyttiin katsomaan pa-
heksuvin katsein. Tämä oli sitä kollektiivista mielensä pa-
hoittamista. Miten joku kehtasi olla humalassa jo tässä vai-
heessa iltaa?
Majuri vain nauroi murisevaa nauruaan.
– En minä ole hänelle mitään tehnyt. Sen toteaa varmaan
pian poliisikin, ettei siihen toista ihmistä tarvittu. Kun hä-
nen siivoojansa tulee huomenna, ilmoittaa hän varmasti
siitä heti viranomaisille.
Marinan alahuulen vapina lakkasi sillä hetkellä, kun hän
purskahti itkuun. Maiju tuijotti Majuria epäuskoisen näköi-
senä.

– Sinä teit tämän!

Sami löi nyrkin pöytään ja tarttui vielä tuoppiinsa. Se lensi viheltäen Majurista ohi ja murskaantui liikuntasalin lattiaan. Lisää paheksuvia katseita.

Mikään ei ollut koskaan tuntunut niin loputtomalta. Eikä näiden viiden elämä koskaan ollut tuntunut niin todelta kuin sillä hetkellä.

2006

Kymmenen vuotta oli kulunut hetkestä, jota kukaan meistä ei oikein koskaan ollut osannut selittää. Siksi kai emme olleet koskaan puhuneet siitä kellekään ulkopuoliselle. Jos totta puhutaan, emme juurikaan olleet puhuneet asiasta keskenämmekään, ryhmänä. Kukaan meistä ei kai halunnut myöntää sen tapahtuneen, toisaalta pelkäsimme, mitä olimme itse asiassa kokeneet, ja oliko se oikeasti edes totta. Mitä jos olimmekin kokeneet jonkinlaisen joukkopsykoosin? Ei sitä voinut sanoa ääneen, meitähän pidettäisiin aivan hulluina. Selvää olisi kuitenkin se, että tapahtuma oli vaikuttanut meidän kaikkien elämään, ja se hitsasi meidät entistä tiukemmin yhteen.

Asiaa ei kuitenkaan voinut enää lykätä. Vaikutukset olivat jo liian suuria. Meidän oli yksinkertaisesti pakko puhua siitä, miten saisimme ylioppilasvuonna tekemämme toiveet peruttua. Aihe ei ollut helppo, sillä kukaan meistä neljästä, jotka olimme kymmenen vuotta aikaisemmin tarttuneet mahdollisuuteen saada parempi elämä, ei halunnut myöntää haluavansa kohtalostaan irti. Vaikeinta se taisi olla minulle. Miten myöntää, että elämä, josta oli unelmoinut, olikin silkkaa painajaista?

Olin suuren sijoitusyhtiön osakas ja tienasin sievoisia summia joka vuosi. Pystyin elämään unelmieni elämää mitä tuli naisiin, matkoihin, autoihin. Yhtiöllä oli toimistoja Lontoossa, New Yorkissa, Frankfurtissa, Singaporessa ja Buenos Airesissa, ja kuukaudet ja vuodet kuluivat välillä Amerikoissa, välillä taas Aasiassa. Jokaisessa kaupungissa oli asunto ja kuljettaja, mikäs sen mukavampaa. Olin saanut kaiken sen, mitä toivoinkin. Rahaa oli aina paljon, ja koska elämälläni oli viimeinen käyttöpäivä, ei minun tarvinnut miettiä säästämistä pahan päivän varalle. Olin monesti jopa ajatellut, ettei olisi voinut olla parempi säkä. Ja yksi pieni juttu, mitä niin sanotut tavikset eivät välttämättä tiedosta: kun ihmisellä on rahaa, niin se määrä tavaroita, joita sulle työnnetään ilmaiseksi, on aivan järjetön. Se on esimerkiksi se hienovarainen, lähes näkymätön ele, jolla hovimestari kertoo, että tämä mies ei sitten maksa mitään. Pidä silmäsi auki ja katse hovimestarissa, niin saatat joskus nähdä sen, kun oikea henkilö astuu ravintolan ovesta sisään.

Toisaalta yksi asia oli ruvennut vaivaamaan minua: jos minulla ei olisi ollut näitä viittä, minulla ei olisi ystäviä lainkaan. Olin aika varma siitä, että se johtui rahasta. Kaikki tuo raha toi elämääni paljon sellaisia ihmisiä, jotka halusivat tulla nähdyksi seurassani ja hyötyä platinakortistani – tai hovimestarin hienovaraisesta eleestä – mutta ei yhtään aitoa ystävää. En voinut koskaan olla varma, että joku oli kanssani itseni takia, ja se oli alkanut masentaa yhä enemmän. Toisaalta taas, miten voisinkaan edes ajatella syvempää suhdetta kehenkään, kun elämäni parasta ennen -päivä oli tiedossa?

Mitä minä sanoisin? "Niin joo, by the way, mä kuolen vuonna 2016, mutta siihen asti voidaan kyllä olla ihan sillai normaalisti."

Kun tapasimme taas koko porukalla pitkän tauon jälkeen, Sami oli se, joka otti asian ensin puheeksi.

– Haluan palata normaaliin. En halua tätä enää.

Tiesimme kaikki mitä hän tarkoitti, mutta kukaan ei sanonut hetkeen mitään. Sinänsä Sami oli meistä se, jolla ei olisi pitänyt olla mitään ongelmaa. Hänellä oli hyvä työ IT-johtajana isossa kansainvälisessä pankissa, hänellä oli suhteellisen kiva vaimo ja kaksi kakaraa. Räkänokkiahan ne olivat, mutta niinhän kaikki alle kouluikäiset ja vähän sitä vanhemmatkin. Kaiken lisäksi hän oli saanut sen, mitä Majuri lupasi – rahaa, ja paljon. En välillä edes ymmärtänyt, miten hän saattoikaan olla niin rahoissa kuin sanoi olevansa. Mutta toisin kuin minä, hän ei tuhlannut rahojaan elämään ohituskaistalla. Ei, Sami sijoitti rahansa eteenpäin. Osti osuuksia mitä ihmeellisimmistä yrityksistä maissa, joiden nimeä me muut emme edes tunnistaneet, mutta mitään ylimääräistä hän ei ostanut itselleen. Omien sanojensa mukaan hän keräsi pesämunaa jälkikasvulleen, mutta eihän tuossa nyt enää ollut mitään järkeä – tuhlaisi edes osan rahoistaan, niin tuntuisi paremmalta, mietin. Tuntuisi elämäkin hieman enemmän normaalilta. Mutta silti hän oli siis meistä neljästä sielumme myyneistä se, joka otti asian ensimmäisenä puheeksi.

Sinä päivänä, kun tästä kaikesta keskustelimme sen ensimmäisen kerran, olimme jälleen kotikaupungissamme. Taisi olla joulupäivä ja istuimme iltaa paikallisessa D.O.M. Munkhausissa. Marina oli kauniimpi kuin koskaan. Hänestä oli tosiaan tullut se, mitä kymmenen vuotta aikaisemmin oli toivonut: unohtumaton. Ei ollut yhtään ihmistä koko maailmassa, joka häntä ei tunnistaisi, saati joka häntä ei muistaisi. Kuulosti mahdottomalta, mutta näin se tosiaan oli. Hänen kuvansa koristivat joka ikistä muotilehteä, joka ikistä mainostaulua, eikä mikään ihme, tyttö oli kauniimpi kuin kukaan. Ajatella, tuo kalpea sotkutukka oli puhjennut varsinaiseen kukkaan. Hän oli ikoni, sellainen kuin Madonna, mutta suurempi. Hän ei ollut pitkään aikaan enää käyttänyt sukunimeään, sillä kaikki tiesivät, kuka oli *Marina*. Joskus mietin, lukikohan niin hänen passissaankin.

Siksi oli myös ymmärrettävää, että hän oli vastahakoinen mitä tuli tähän aiheeseen. Hänellä oli kaikki se, mitä oli aina toivonut.

Paluu Pohjanmaalle teki hänelle varmastikin hyvää, mietin. Vaasassa hän sai olla oman kylän tyttöjä, ei häntä kukaan pysäyttänyt kadulla, eikä täällä varsinkaan parveillut mitään paparazzeja hänen ympärillään, niin kuin muualla maailmassa. Mitä nyt ehkä paikallislehden toimittaja saattoi olla yhteydessä ja pyytää haastattelua siitä, mitä hän teki kotikaupungissaan. Täällä hän saattoi kuitenkin kävellä läpi keskustan ostoskeskuksen ihan rauhassa. Kaikki tietenkin tunsivat ja näkivät, mutta kukaan ei häirinnyt. Jollain lailla tyypillinen tapa suhtautua menestykseen täällä, mietin. Yhtä lailla kuin ei ollut kenelläkään tapana huudella omasta menestyksestään, ei myöskään tehty numeroa muiden, oman kaupungin kasvattien menestyksestä. Jos jollain meni hyvin, se oli hieno juttu. Mitä siis siitä?

Peltonenkin oli suhteellisen tyytyväinen elämäänsä. Ok, hän painoi pitkää päivää suhteellisen huonolla palkalla kaupungin terveyskeskuksen gynekologina, mutta olivatpa ainakin luontaisedut ja näkymät hyvät. Hänen vitsinsä olivat entisellään, paitsi että ne ehkä olivat karvan verran härskimpiä kuin ennen. Itse asiassa tämä tyyppihän oli täysin sopimaton gynekologiksi ja oli silkka ihme, ettei kukaan ollut haastanut häntä oikeuteen seksuaalisesta häirinnästä. Mutta hauska hän oli yhtä lailla, se täytyi myöntää.

Kun Majuri kymmenen vuotta aikaisemmin oli esittänyt meille elämämme elokuvan, JP ja Maiju olivat kieltäytyneet kunniasta tarttua mahdollisuuteen toteuttaa toiveensa. Olin monta kertaa pohtinut, miltä heistä oli tuntunut katsella meitä muita. Vielä oudompaa oli se, että he tiesivät tarkalleen, millaisen elämän olivat valinneet itselleen, olivathan he sen nähneet – tai ainakin osittain. En toisaalta koskaan kuullut kummankaan heistä harmittelevan valintaansa.

Maijusta oli tullut yläasteen opettaja. Hän valitti toisinaan nykyajan lapsista, joiden vanhemmat jättivät kasvatuksen kokonaan opettajien harteille, ja siitä, miten heikot mahdollisuudet opettajilla oli nykyään ojentaa, saati sitten tukea lapsia. Kaikesta piti kirjoittaa selvitys, ilmoittaa määrätyillä lomakkeilla ja informoida huoltajaa. Se oli kai tullut jonkun oikeuden ennakkopäätöksen jälkeen, tai mistä tuon tiesi. Toisaalta taas Maiju vaikutti ihan tyytyväiseltä mieheensä, valtion virkamieheen, kai se joku ylitarkastaja oli. Kuiva tyyppi kuin mikä, mutta mitä sitten, jos kerran tyttö tykkäsi. Olin monella tapaa ymmärtänyt, että ehkä hänen osaltaan päätös elää ihan normaalia elämää oli ollut viisas.

Jos ei muuta toivo, miksi pitäisi muuhun pyrkiä?

JP olikin saanut mielenkiintoisen elämän. Jotenkin hän oli onnistunut välttymään siltä harmaalta massalta, minkä Majuri oli hänelle esittänyt. Tai joiltain osin se toteutuikin juuri sellaisena, kuin JP oli todistanut, mutta sitten taas jotkut asiat olivat jotain aivan muuta. Esimerkiksi kukaan meistä ei ollut nähnyt hänen rakettimaisen nopeasti käynnistyvää uraa politiikassa. Näin jälkikäteen se kaikki tuntui ihan luonnolliselta kehityskululta, mutta silti. JP oli edennyt kokoomusnuorten puheenjohtajasta puolueen varsinaiseksi tähtipoliitikoksi ja ääniharavaksi vuoden 2003 eduskuntavaaleissa. Itse asiassa häntä veikattiin seuraavaksi puoluejohtajaksi, jotkut jopa pääministeriksi, mikäli seuraavat vaalit menisivät muutaman kuukauden päästä hyvin ja kokoomus onnistuisi syrjäyttämään keskustan. Vaikka JP ei suoranaisesti ollut puolueensa kultapojuksi pyrkinyt, ei menestys varmastikaan tullut hänelle yllätyksenä. JP oli tottunut siihen, että hänellä oli kannattajansa. Tuntui ehkä jopa siltä, että menestys perustui pitkälti jätkän karismaan. Hänellä oli vain jotenkin sellainen maaginen kyky saada massat liikkeelle. Mikäli hänestä tulisi pääministeri seuraavassa hallituksessa, olisi hän nuorin sellainen koskaan Suomessa ja menisi siis myös heittämällä ohi Esko Ahosta. Kukapa olisi arvannut.

Majuri oli kuin olikin ennustanut JP:n avioeron, joka oli jo toteutunutkin. Toisaalta JP oli sanonut sen olevan hyvä asia, sillä se salli hänen tuoda julkisuuteen suhteensa nuoren eduskunta-avustajansa kanssa. En tiedä, olisinko itse ajatellut aivan niin, mutta olimmehan kaikki erilaisia. Jos JP oli tyytyväinen – enkä koskaan ollut häntä muuna nähnytkään – olimme me muut onnellisia hänen puolestaan. Uusi rakas olikin ollut esillä iltapäivälehtien sivuilla ja television keskusteluohjelmissa. Julkisuus tuki ilman muuta JP:tä myös hänen poliittisissa pyrkimyksissään, mikä oli tietenkin suuri plussa. Kaikki oli siis erinomaisen hyvin.

Mutta totta tosiaan, sinä iltana D.O.M. Munkhausissa mietimme mahdollisuuksiamme luopua kaikesta tästä.

– Mistä me tiedetään, että se on edes mahdollista?

Marina sanoi ääneen asian, jota me kaikki pohdimme.

– En tiedä. Mutta mistä me toisaalta tiedetään, että se *ei ole* sitä?

Sami esitti vastakysymyksen, johon kellään meistä ei myöskään olisi vastausta.

Sami kertoi yrittäneensä jonkin aikaa selvitellä asiaa, tutkia, oliko joskus jossain tapahtunut jotain vastaavanlaista. Vastauksia ei kuitenkaan ollut löytynyt, tämä tapaus oli liian erikoinen.

Myös Maiju oli tutkinut asiaa.

– Olen lukenut teoriasta, jonka mukaan jokaisen ihmisen elämässä on yksi hetki, jolloin hän tekee oman elämänsä osalta tärkeimmän päätöksen, ja että se päätös määrittää elämän kulkua enemmän kuin mikään muu.

Maiju puhui hiljaa ja kumartuneena pöydän ylle, ikään kuin pelkäisi, että väärä ihminen kuulisi.

– Mutta sen teorian mukaan ihminen on harvoin itse siitä tietoinen.

Olimme kaikki hiljaa.

Mitä tuohon olisi voinut sanoa. Siinä hetkessä me olimme hyvin tietoisesti tehneet omat päätöksemme, niin hyvässä kuin pahassa. Itse olin tavallaan valinnut typerästi, vaikka elinkin eräänlaista unelmaani. Kukaan meistä ei kuitenkaan ollut tehnyt valintaa yhtä typerin perustein kuin Peltonen. Mutta se oli hänen oma häpeänsä. Kaikista eniten olin iloinen Marinan puolesta: hän oli välttynyt kammottavalta tulevaisuudeltaan, hän oli kerrankin saanut olla se, joka tulee huomatuksi. Itse asiassa mietin, että ehkä tämä kaikki oli sen arvoista juuri siksi. Ehkä meidän muiden olikin tarkoitus uhrautua hänen vuokseen. Marina oli onnensa ansainnut.

En kuitenkaan sanonut sitä ääneen. En halunnut Marinan

kokevan, että hänen täytyisi jollain tapaa päättää, mitä tekisimme. Se taakka olisi ollut kenelle tahansa liian suuri kannettavaksi.

Sitä paitsi. Jos tarkasteli tosiasioita, olimme aika jumissa tämän koko tilanteen kanssa. Se, että osa meistä halusi perua toiveensa ei veisi meitä askeltakaan lähemmäksi ratkaisua ennen kuin tietäisimme, miten se tehtäisiin ja oliko se ylipäätään mahdollista. Sen pituinen se.

2016

Majurin vältyttyä Samin tuopilta pöydän ääreen laskeutui hetkeksi hiljaisuus. Kukaan viisikosta ei uskaltanut katsella muita, se olisi ollut tapahtuneen vahvistamista. Sen sijaan jokaisen katse kääntyi pikkuhiljaa Majuriin. Hänen oli aika selittää, mitä ihmettä heidän elämälleen oli tapahtunut tuona aurinkoisena päivänä toukokuussa 1996.

Ennen nuorten vapauttamista luokkahuoneesta kaksikymmentä vuotta aikaisemmin Majuri oli luvannut jälleennäkemistä – vai pitäisikö sanoa uhkaillut sillä. Kahdenkymmenen vuoden kuluttua hän tulisi ja peruisi porukan kohtalon, mikäli he sitä haluaisivat. Kaikkien paitsi Antin, koska Anttihan olisi kuollut.

Kaksikymmentä vuotta oli kulunut ja tuo hetki oli nyt.

– Kakista ulos.
Ärsyyntynyt ääni oli Samin. Hän hikoili kuin pieni sika, kasvotkin punottivat.
– Nyt perut tän koko paskan ja voit sitten lähteä.

Majuri retkahti kunnon nauruun. Hän keinui tuolillaan hekotellen Samin käskevälle äänensävylle.

– Vai että ei sitten kelvannutkaan unelmien täyttymys. Mikä siinä niin mättää?

– Missä Antti on?

Kaikki katseet kääntyivät äänen perässä Samiin palatakseen sitten Majuriin.

Majuri venytteli hiljaisuutta sitten todetakseen sen, mitä kukaan ei halunnut kuulla sanottavan ääneen.

– Antti on kuollut, kyllä te sen tiedätte.

Toteamus oli lakoninen, lähes arkinen. Miten kukaan saattoikaan päästää suustaan noinkin traagisen asian niin arkisella äänensävyllä? Ikään kuin Antin elämä ei olisikaan arvokas. Oli lähes käsittämätöntä ajatella, että asiaa käsiteltiin tällä tasolla. Antti ei ollut kuka tahansa, hän oli yksi meistä, eikä hänen elämästään voinut puhua kuin eilisestä sanomalehdestä.

2008

Olin odottanut hetken verran Mayfairin kaupunginosassa olevan hotellin baarissa, kun näin Peltosen astuvan ovesta sisään leveä hymy kasvoillaan. Nostin hänelle kättä ja osoitin pöydän vastakkaisella puolella olevaa tuolia.

– Istu tuohon, tilataan sulle juotavaa.

Peltonen istahti alas ja tarttui käteeni.

– On kyllä mahtavaa nähdä, milloin me nähtiinkään viimeksi livenä? Pari vuotta sitten jouluna?

– Joo, näin taisi olla. Ootko nähnyt muita?

– JP:n kanssa käytiin kaljalla pari kuukautta sitten sen puoluekokouksen aikana. Muita en ole vähään aikaan nähnyt. Mitä nyt somessa tullut vastaan niiden kuivia juttuja.

Peltonen nauroi tuttuun tapaan omalle terävyydelleen. Jätkä ei muuttuisi koskaan, ajattelin. Jollain tapaa se tuntui tosi rauhoittavalta ja hyvältä asialta.

Vilkaisin Peltosen kaulassa roikkuvaa kongressin osallistujalappua. Hän havahtui itsekin siihen ja työnsi sen rintataskuunsa.

– Tosi mahtavaa, että tuli puheeksi tämä sun matka. Ja että satuin vielä olemaan Lontoossa samaan aikaan. On tullut reissattua niin paljon viime aikoina, tulin just toissa päivänä Singaporesta.

– Niin, sitähän sä halusit.

Sille vitsille kumpikaan meistä ei nauranut. Asia ei ollut enää hetkeen naurattanut. Edes Peltosen ura gynekologina ei jaksanut naurattaa. Ainoa hyöty siitä oli se, että se oli tuonut hänet Lontooseen. Saimme edes hetken nähdä toisi-amme.

Tarjoilija tuli hakemaan tyhjän tuoppini ja tilasimme sa-malla kaksi olutta lisää.

– Miten sulla on mennyt?

Peltonen oli syystäkin huolissaan. Olin kertonut Marinalle masennuksestani ja Marina oli vuotanut sen porukalle. Se ei minua haitannut, hyvää hyvyyttään hän oli sen tehnyt.

– Toisinaan paremmin, mutta täytyy myöntää, että nyt on ollut vähän heikompi kausi.

Peltonen ei sanonut mitään. Ei osannut. Ei sillä niin väliä, tiesin, että hän ymmärsi. En minä sanoja kaivannut. Kaipa-sin jonkun läsnäoloa. Kaipasin tunnetta, etten ollutkaan yk-sin maailmassa, irrallinen palapelin pala, joka ei liittynyt mihinkään isompaan kuvaan. Peltonen maadoitti minut so-pivasti johonkin, meillä oli yhteinen historia ja ystävyydel-lämme pitkät juuret. Muodostamani palapelin pala loksahti saumattomasti kiinni Peltosen palaan.

– En saa nukuttua. Sain jotain unilääkettä, mutta en mä sitä voi syödä, tulee niin ihme olo. Tiedäksä, tavallaan nukkuu ihan pitkäänkin, mutta ei sellaista oikeaa unta, se on jotain ihme zombie-unta. Sitten on entistä enemmän tokkurassa, kun herää.

Tarjoilija toi oluet ja jätti kuitin pöydälle. Kaivoin taskusta setelin.

– Keep them coming.

– Pitäisköhän sun juoda vähän hitaammin?

Peltonen hymyili kysymyksensä perään – ei varmaan tiennyt, miten siihen reagoisin. Joku muu olisi jopa saattanut pitää kysymystä holhoavana, mutta tottahan tuo oli.

– Olet oikeassa – olen jopa samaa mieltä. Mun ei saisi juoda mitään alkoholia. Mutta toisaalta, tällä äijällä lähestyy parasta ennen -päivämäärä joka tapauksessa.

Olimme hetken hiljaa. Nostin oluen huulilleni ja annoin sopivan katkeran IPA:n valua viileänä kurkkuun. Olut ei ollut läheskään yhtä katkeraa kuin kommenttini jälkimaku. Ei pitäisi juoda, ei, mutta toisaalta se tarjosi edes hetkellistä lievitystä ahdistukseen. Sanani meinasivat kieltämättä hieman latistaa tunnelmaa, mikä oli sääli. Näin Peltosta sen verran harvoin, että minun pitäisi yrittää ryhdistäytyä ja olla edes hetken verran normaali.

– Miten kotona? Onko kaikki hyvin? Vaimo ja lapset?

– Onhan ne. Eihän niitä kovin usein näe. Illat venyvät, ei tällä hetkellä ole terveyskeskuksessa toista täysipäiväistä gynekologia tuolla rannikolla. Ihme juttu sinänsä, että sain luvan lähteä tänne. Tulee kalliiksi, kun pitää paikata mun poissaoloa ostolääkärillä. Mutta sellainenhan pitäisi olla koko ajan. Ei tällä hetkellä vuorokauden tunnit riitä kaiken työn hoitamiseen, vaikka jotain kandejahan siellä tietenkin pyörii apuna silloin tällöin. Työpäivät venyvät kuitenkin aina. Kun on saanut kenttätyöt tehtyä, alkaa paperirumba.

Peltonen irvisteli jälleen omalle nokkeluudelleen.

Nyökkäsin vastaukseksi. Oli oikeastaan aika onnekas, tuo Peltonen. Suhteellisen tavallinen työ, vaimo, muksut. Eihän sitä muuta tarvinnutkaan ollakseen onnellinen. Jos suurin ongelma oli pitkät työpäivät, meni minun mittarilla mitattuna aika hyvin.

– Onko sulla mitään naista ollut viime aikoina?

– Kyllä sä tiedät. Ainahan niitä.

En mitenkään pröystäillyt naisillani. Taakka ne olivat. Kyllä Peltonen sen tiesi. Siksi kai se nyökkäilikin myötätuntoisesti.

– Yks mulla on tuolla Singaporessa. Nähdään muutaman kerran vuodessa. Kaunis nainen, taitaa olla joku paikallinen beauty queen, mutta eihän ne anna sulle mitään. Sä saat sen kaiken kauneuden ja valkoisen hammasrivin, ne näyttää niin sairaan hyvältä siinä sun vieressä, tuollaiset aasialaiset naiset. Sun pitäisi oikeastaan olla onnesi kukkuloilla, kun astut sellaisen posliininuken kanssa jostain limosta ja menet punaiselle matolle. Salamat välähtelee sun ympärillä ja mietit vain että miksi? Miksi ihmeessä tulitkaan taas juhliin, miksi kaikki ottaa kuvia ja kuka kaunotar sun käsivarrella edes on. Sit siinä menee se ilta. Sä juot varmaan parikymmentä cocktailia ja syöt jotain purkan kokoisia sormisyötäviä, etkä ole edes ehtinyt syödä kunnon lämmintä ateriaa moneen päivään, eikä oikeastaan olisi nälkäkään. Sit siinä tulee juteltua muka tärkeiden tyyppien kanssa, jotka voisivat nostaa sut seuraavalle tasolle urallas tai sijoittaa johonkin hankkeeseen. Sä pistät parastas ja koitat kuulostaa siltä, että suhun ja sun juttuihin kannattaisi sijoittaa. Jos sillä vain olisi jotain merkitystä. Tiedäksä Peltonen, mä oon jo kauan miettinyt, että miks helvetissä mä edes kuljen noissa jutuissa? En mä tästä enää nouse mihinkään ja viimeinen päiväkin lähestyy kovaa vauhtia. Miks mä ylipäätään nousen sängystä?

Peltonen ei sanonut mitään, ei edes nyökännyt. Se näytti vain tosi surulliselta. En näköjään pystyisi nostamaan tunnelmaa tänään. Päätin jatkaa surkuttelua.

– Sit sä saatat tuoda sen naisen hotellihuoneellesi, ja ne on kuule uskomattomia, aasialaiset naiset, sä oot kuin kuningas koko yön. Mutta sit sä vain kelaat että miksi? Miksi silläkään olisi merkitystä, kun ei millään ole?

Selittelin Peltoselle varmaan kuuden kaljan verran onttoa monologiani, josta yhtään duurivoittoista nuottia ei löytynyt. Työnsin tarjoilijan käteen vielä pari viidenkymmenen punnan seteliä.

– Don't bring me anymore, even if I pay you.

2011

– Jotain pitää tehdä.

Marinan ääni värisi. Hän sulki silmänsä ja puristi puhelinta entistä tiukemmin kädessään, jonka rystysistä pakenivat viimeisetkin veripisarat tehden niistä vitivalkoiset.

Sami kuunteli Marinan ääntä ja huokaili. Hän sulki silmänsä ja hieroi ohimoaan vasemman käden etu- ja keskisormella. Miksi he kävivät taas tätä samaa keskustelua? Hän ei suoraan sanottuna jaksaisi. Ei tänään.

– Kyllä minä sen tiedän, mutta mitä me voidaan tehdä?

Joka päivä itsestään muistuttava päänsärky oli taas tulossa, hän tunsi sen merkit liiankin hyvin. Ensin pään ympärillä hiljalleen kiristyvä vanne loi painetta varsinkin pään etuosaan, sen jälkeen levisi koko päähän outo puutumisen tunne. Sami ei tiennyt, voiko pää oikeasti edes puutua, mutta paremmin hän ei osannut tunnetta kuvailla. Kun puutuminen oli levinnyt koko päähän, alkaisi kunnon infernaalinen jyskytys. Se pysyi yleensä edessä, mutta saattoi levittäytyä myös oikealle puolelle päätä, korvan yläpuolelle. Nyt oltiin vaiheessa 2/3.

Marina itki linjan toisessa päässä.

– Sami, mä sanon sulle, se ei tuu selviämään tästä. Meidän on pakko saada tää keskeytettyä. Tämä helvetillinen elämänkulku pitää saada pysäytettyä!

Marina puhui tietenkin Antista. He olivat tavanneet pari viikkoa aikaisemmin JFK:n lentokentällä New Yorkissa. Marina oli tulossa kuvausmatkalta Brasiliasta, Antti oli töissä vaihteeksi Nykissä. Hän oli ollut aikaisempaa huonommassa jamassa, Marina oli nähnyt sen heti. Ei edes kallis italialainen slim fit -puku voinut peittää sitä.

– Marina, ei sen kuulukaan selvitä, sä tiedät sen.

Sami katui sanojaan heti päästettyään ne suustaan. Marina ei onneksi näyttänyt kuulleen tai kiinnittäneen niihin huomiota.

– Se vetää jotain pillereitä, mä näin sen ottavan ainakin kaksi sellaista tunnin aikana. Sitten se oli välillä niin oudon poissaoleva. Mä kysyin siltä, voinko mä auttaa jotenkin, mutta se ei näyttänyt ymmärtävän koko juttua. Nyt sillä on joku iso keissi menossa Nykissä, niin sehän on siellä varmaan puoli vuotta ainakin. Jonkun pitäis olla sen kanssa siellä, Sami mä sanon sulle!

Helvetti! ajatteli Sami. Helvetin helvetti. No ei hän ainakaan voinut lähteä mihinkään Amerikkaan Antin tueksi. Ei sitä noin vain ilmoitettaisi vaimolle ja lapsille että "Hei, isi lähtee Amerikkaan, en tiedä koska tulen. Koittakaa te pärjätä". Sami mietti myös, miksi he olivat kaikki niin kiinni toisissaan. Aikuisia ihmisiähän tässä oltiin. Jokaisen omalla vastuulla oli yrittää pärjätä sen oman elämänsä kanssa, ei oikeasti ollut energiaa siihen, että huolehtisi myös jostain Antista, joka oli jossain toisella puolella maailmaa. Ja se, että Antti popsi jotain pillereitä, niin ok, kukapa ei sitä tehnyt? Kukin omiin ongelmiinsa. Kaiken lisäksi töistä aiheutui nyt niin paljon stressiä, että oikeastaan olisi parempi, kun ei Marina olisi lainkaan soittanut, olisi parempi, että Sami ei olisi saanut kuulla Antista. Onneksi sentään muu porukka pärjäsi jokseenkin hyvin. Kunhan vielä saisi itsensä ylös tuosta kuopasta, jota elämäksi kai sanottiin.

– Marina, sori, mutta mä en tiedä mitä me voidaan tehdä. Voisitko sä lähteä?

– Sami, mä en voi!

Marinan ääni kipusi falsettiin.

– Mä en voi jättää mun töitä väliin!

Sami oli usein miettinyt, miksi ihmeessä Marina ei hellittänyt otettaan töistä edes hieman. Joka ikisen lehden kannessa koko ajan. Kuka nyt muutenkaan jaksoi katsella samaa naamaa koko ajan? Rahaakin sillä oli ihan tarpeeksi, varmasti oli.

– Joo, ei kai kukaan meistä.

Seurasi pitkä hiljaisuus, jonka lopuksi Sami rikkoi. Päänsärky oli nyt vaiheessa 3/3. Hänen oli pakko lopettaa puhelu pian. Hän kaivoi vapaalla kädellään työpöydän laatikosta Burana-pakettia. Paskat, se oli tyhjä.

– Meidän on pakko kerätä porukka kasaan, tästä ei tuu muuten mitään.

– Siis kaikki? JP ja Maiju myös?

Burana-paketti lensi pöydän alla olevaan roskakoriin.

– Kaikki.

Marina kuulosti väsyneeltä.

– Mä hoidan sen. Mutta nyt pitää mennä, täällä stylisti repii jo hiuksiaan. Nähdään pian, Sami.

***

Kolme kuukautta myöhemmin porukka oli kuin olikin kasassa. Treffit Samin appivanhempien mökillä Paraisilla. Lähin kauppa kuuden kilometrin päässä, lähin naapuri neljänsadan metrin päässä. Suhteellisen iso tönö, jossa kuusi aikuista saattoi helposti viettää pidemmänkin tovin. Aikaa oli kuitenkin vain kolme päivää – sitten piti jo kaikkien jatkaa kiireistä elämäänsä.

Kamppeet oli kärrätty sisään, ruokaa ja juomaa oli sen verran, ettei tarvitsisi murehtia niiden loppumista. Meri oli tyyni eikä ainakaan toistanut sitä henkistä myllerrystä,

64

mikä oli jälleen saattanut tämän porukan yhteen. Alkuilta meni kuitenkin rauhallisesti jutustellen niitä näitä päivällisen ääressä. Kukaan ei oikein viitsinyt olla se, joka ottaisi koko reissun syyn puheeksi. Toisaalta oli mahtavaa saada olla edes hetken verran yhdessä niin kuin ennen, nautiskellen siitä, että sai olla keskellä niitä ihmisiä, jotka tunsivat sinut parhaiten. Niiden ainoiden ihmisten, jotka tiesivät koko totuuden.

Oli muuten aika raskasta piilotella niinkin oleellista osaa elämästään kaikilta. Yllättävän raskasta. Se kai olikin syy sille, miksi porukka oli säilynyt tiiviinä läpi vuosien. Salaisuus sitoi heidät yhteen.

Marina vaikutti muuttuvan yhä hermostuneemmaksi. Hän vilkuili yhtenään kelloa, mielessään hän näki kolmen päivän hujahtavan ohi ilman järkevän ratkaisun syntymistä. Missio oli selkeä, tämä oli pelastusoperaatio. Marina keräsi itsensä ja kilisteli haarukallaan lasia.

– Hei kaverit, pitäisikö meidän keskustella muutamasta tärkeästä asiasta?
Marinan kysymys lopetti puheensorinan. Piti tietenkin puhua, kukaan vain ei sitä olisi jaksanut tehdä. Ajatuskin oli uuvuttava.
Sami katsoi Marinaa ja suoristi sitten selkänsä.

– Me ollaan tässä viime aikoina Marinan kanssa puhuttu. Ollaan Antti aika huolissamme susta. Siis me kaikki.

Nostin katseeni lautasesta. Katsoin ensin Samia, sitten Marinaa.

Asetin aterimet lautaselle ja pyyhin käteni serviettiin. Koska kukaan ei vielä sanonut mitään, join vielä vesilasin tyhjäksi. Olo oli kummallisen rauhallinen. Olin itse asiassa voinut tosi hyvin siitä saakka, kun saavuin taas Suomeen. Tiesin toki, miksi täällä olimme. Ei se minua haitannut, päinvastoin.

– Kertokaa.

Sami ja Marina katsoivat toisiaan.

– Niin, ollaan huomattu, että sulla on ollut vähän rankempaa. Sami antoi katseensa kiertää kaikissa pöydän ääressä istuvissa haluten näin sisällyttää ne ilmaisemaansa kollektiiviseen huoleen.

– Kiitos, ootte tosikavereita. Mulla on tosiaan ollut rankempi kausi.

Katsoin itsekin kaikkia vuorotellen. Mietin varsinkin Maijun, JP:n ja Peltosen hiljaisuutta. Peltonen oli kyllä ollut äänessä aikaisemmin, kun kannoimme tavaroita sisään. Nyt hänen katseensa oli kuin liekki, se hyppi paikasta toiseen pysähtymättä mihinkään. Maiju ei koskaan sanonut paljoakaan, mutta nyt hän vaikutti jopa pidättelevän hengitystään. JP nosti lasin huulilleen, pyyhki suunsa kämmensyrjällä ja katsoi takaisin. Hänen puhelimensa välkkyi äänettömänä pöydällä.

– Oon ollut hieman maassa, mutta kyllä se siitä. Oon kuitenkin tosi otettu huolenpidosta, mutta enää teidän ei tarvitse sitä miettiä.

– Toi ei ole totta. Marina kuulosti kummallisen rauhalliselta. *Harjoitellun* rauhalliselta. Hän pyöritteli jäähtynyttä ruokaansa haarukalla.

– Meidän pitää pysäyttää tää helvetti, johon olet joutunut – johon useampi meistä on joutunut.

Hän katsoi merkitsevästi Samia, joka kahden sormen otteellaan hieroi ohimoaan. Vaihe 2/3.

Marina levitti käsiään.

– Tämä pitää pysäyttää.

– Ei tätä voi pysäyttää, totesin rauhallisesti.

– Ja sitä paitsi sulla menee hyvin, eikö, jatkoin.

– Peltonen on ihan tyytyväinen? Samilla on päänsärkynsä, mutta mistä senkin tietää, mistä ne johtuu?

– Ja miten me edes voidaan vaikuttaa tähän enää?

Peltonen liittyi keskusteluun katsoen epäilevästi Marinaa. Tiesikö hän jotain, mitä muut eivät tienneet? Oliko muka tapahtunut jotain, joka oli vienyt heitä lähemmäksi ratkaisua? Ei ollut! Mitä he siis voisivat tehdä muuta kuin tyytyä kohtaloonsa?

– En minä vain tiedä! Minä en tiedä yhtään sen enempää kuin tekään, mutta sen mä tiedän, että jos tämä ei pian lopu, niin meillä on yksi, joka tappaa itsensä viinalla ja lääkkeillä ja toinen, joka kuolee johonkin aivoinfarktiin!

Marina löi haarukan voimalla pöytään piikit alaspäin. Hän katsoi hetken verran pystyyn jäänyttä aterinta ihmetellen omia voimiaan.

– Ja – mä – en – kerta – kaikkiaan – jaksa – mitään – hautajaisia, enkä varmaan ehtisi tulemaankaan!

Marinan epätoivo purkautui niin kimeällä äänellä, että terassin valo sammui. Mutta se ei tuonut ketään lähemmäksi ratkaisua.

Täydellinen hiljaisuus oli laskeutunut pöydän ylle. Haarukka heilui edelleen kuin mikäkin ikiliikkuja.

Marina keräsi itsensä.

– Sami, lähetä minulle lasku pöytälevyn korjauksesta, viitsitkö.

2016

– Te luulette olevanne niin erityisiä.

Majuri ei katsonut oikeastaan ketään heistä, vaan jonnekin hamaan tulevaisuuteen – tai menneisyyteen.

– Te kuvittelette, että kaksikymmentä vuotta sitten heilautin taikasauvaa ja pystyin päättämään, miltä koko loppuelämänne näyttäisi. Miten se olisi mahdollista? Miten minä voisin vaikuttaa teidän elämään sillä tavalla?

Viisikko vaihtoi hämmentyneitä katseita.

– Hei äijä, ollaanko me kaikki aivan sekaisin, vai etkö nimenomaan sinä näyttänyt meille, minkälaista meidän elämä muuten olisi?

Äänessä oli Peltonen.

– Näin tein, mutta ei se vaikuttanut mitenkään siihen, minkälaista siitä tuli. Katsokaas, jos ihminen oikein uskoo johonkin, on asioilla taipumus mennä juuri sen mukaisesti. Osa teistä päätti sinä päivänä, että haluatte toteuttaa kaikki unelmanne mieluummin kuin elää tasapaksussa, harmaassa todellisuudessa, niin kuin nämä kaverit tässä päättivät.

Majuri nyökkäsi kohti JP:tä ja Maijua.

– Te jopa sanoitte ääneen, mitä elämältä haluaisitte, ja minä kerroin, että jotain siitä voisitte saada, jotain muuta ette. On se ihmeellinen, se ihmismieli. Kun jotain päättää, näyttäisi elämä kulkeutuvan sen mukaan. Te päätitte ja laitoitte rattaat pyörimään, en minä sitä tehnyt. En minä itse asiassa tehnyt yhtään mitään.

Ulkopuolinen, joka olisi katsonut tätä pöytää keskellä Lyseon lukion juhlasalia, olisi ehkä huomannut sen näyttävän erilaiselta kuin muut pöydät. Mutta kun musiikki soi, ihmiset tanssivat ja booli maistui, ei kukaan juuri huomannut, että yhdessä salin noin kahdestakymmenestä pöydästä meno oli harvinaisen vaisua. Ja vaikka olisi huomannut, ei varmaankaan olisi ajatellut asiaa sen enempi.

Majuri jatkoi yksinpuheluaan, sillä kukaan pöydässä ei sanonut mitään.
– Te päätitte, minkälaisen tulevaisuuden haluatte, ja sitten lähditte sitä toteuttamaan. Ei se sen ihmeellisempää ollut. Kukaan muu ei tehnyt mitään sen eteen – en myöskään minä. Mitään taikuutta ei tapahtunut, vaan te suuntasitte energianne siihen, omaan unelmaanne, koska kuvittelitte, ettei muita vaihtoehtoja ollut. Tein teille palveluksen.

– Se ei ole totta!
Kaikki yllättyivät Marinan huudosta, jopa Majuri.

– Sinä valehtelet! Sillä jos et valehtelisi, olisi Antti nyt
täällä meidän kanssa. Antti ei päättänyt kuolla, sinä tapoit
sen! Antin unelma ei ollut kuolla!

Marinan alahuulen vapina oli lakannut. Nyt hänen silmänsä
ampuivat salamoita kohti Majuria, joka sai väistää niitä
parhaansa mukaan.

– En valehtele. Antti teki oman päätöksensä. Minä en sitä
tehnyt.

– Helvetin elukka!

Samin tuoli kaatui. Hän hapuili yhdellä kädellä lähimpää
tuoppia siihen kuitenkaan ylettymättä ja puristikin toisen
käden nyrkkiin.

– Sun vuoro kuolla!

Kukaan ei arvannut, että Sami lähtisi loikkaamaan pöydän
yli kohti Majuria, eikä kestänyt kuin pari sekuntia, niin hän
oli jo Majurin kurkussa kiinni. Hämmästyttävän ketterä
tyyppi, loppujen lopuksi.

JP ja Peltonen pinkaisivat omilta tuoleiltaan ylös ja saivat
Samista kiinni, ennen kuin seuraava nyrkinisku uppoaisi
Majurin roikkuvaan naamalihaan.

2011

Toinen päivä Paraisilla alkoi varhain. Kukaan ei ollut oikein nukkunut. Marina makasi isolla terassilla aurinkotuolissa kurkkuviipaleet silmillään ja edellispäivänä ostettu maustamaton aamujugurtti levitettynä kasvoilleen. Maiju istui viereiseen tuoliin käpertyneenä kahvikuppi kädessä.

– Ilmankos että olet noin laiha, jos levität aamupalan naamalles. Haenko sulle kupin kahvia?

Marina pudisteli päätään niin, että yksi viipale valui poskelle.

– En mä voi juoda kahvia, se vanhentaa mun ihoa.

Maiju nyökkäsi. Pitäisi varmaan itsekin luopua tuosta myrkystä. Hän antoi kupin lämmön levitä käsiinsä. Kevätaurinko ei lämmittänyt paljoakaan. Entä jos vain vaihtaisi luomukahviin? Olihan sekin jo parempi? Maiju koki ahdistusta siitä keskustelusta, joka koski vanhoista tottumuksista luopumista ympäristön tai terveyden takia. Jos mitään, niin tieto lisäsi ainakin tuskaa. Toki hän oli välillä ostanut luomubanaanejakin, kun niitä oli tarjolla. Hänen miehensä ei niistä pitänyt. Olivat kuulemma liian pieniä ja kuorikin oli paksumpi kuin normaaleilla banaaneilla, eli rahallisesti se oli typerä päätös, ostaa luomubanaaneja. Naispuolisten opettajakollegoidensa kanssa Maiju oli jutellut deodoranteista, joissa ei ollut metalleja. Pitäisi kuulemma niihin siirtyä. Toisaalta asian oli ottanut puheeksi kuvaamataidon opettaja, yksi Henrietta, jolla oli aina kainalot aivan hiessä. Jostain lööpistä Maiju oli joskus lukenut, että kahvissa oli aivan älytön määrä ympäristömyrkkyjä. Hän oli sen jälkeen ollut juomatta kahvia jopa kuukauden. Kaikista eniten ahdistusta oli aiheuttanut artikkeli, josta hän oli lukenut, että Thames-joessa oli niin paljon e-pilleriperäisiä hormonihäiriköitä, että siinä uivat lohiurokset näyttivät naarailta. Miten ihmeessä pystyi suojaamaan itseään yhtään miltään enää? Siinä mielessä Antti sai olla onnellinen, eipä ainakaan tarvinnut pohtia näitä asioita.

Maiju päätti unohtaa omat murheensa ja antoi hetken verran katseensa viipyä vieressään makaavassa supertähdessä. Oli aika uskomatonta, että ne näyttivät noinkin normaaleilta, supertähdet. Sitä paitsi hän ei ollut koskaan osannut suhtautua Marinan tähteyteen. Marina oli Marina, tähti tai ei. Tavallaan mikään ei ollut heidän välillään muuttunut vuosien saatossa. Vaikka toinen meni jossain kuvauksissa luksuskohteissa ja toinen pyöräili koripyörällä Onkkarin yläasteelle joka aamu, jokin kauan sitten syntynyt yhteys

säilyi. Eikä heidän tarvinnut koskaan tuhlata aikaa terveh-
dysfraasien vaihteluun, kun näkivät toisensa, vaikka välissä
kului joskus vuosiakin. Heidän suhteensa oli kuin sisarus-
suhde parhaimmillaan.

– Onko kaikki hyvin? hän kysyi ystävältään.

– Itse asiassa aika paskasti, vastasi Marina jugurttinaami-
onsa alta. Mutta ei sanonutkaan sitten hetkeen mitään
muuta.

Maiju odotti kärsivällisenä. Jotenkin hän oli ajatellut, että
tuollainen elämä olisi aina hohdokasta. Jos just oli tullut
jonkun Sports Illustratedin kuvausmatkalta Brasiliasta, mi-
ten silloin vastasi noin? No, kai kaikilla oli parempia ja
huonompia hetkiä, Maiju mietti. Olihan hänelläkin ollut
viime syksynä aika paska elämä, kun ensin oli saanut val-
vottavakseen sen kaikista pahamaineisimman luokan On-
kilahden yläasteelta, ja sitten oli vielä kilahtanut aivan täy-
sin äikän tunnilla, kun teinit olivat käyttäytyneet huonosti.
Siis todellakin kilahtanut. Maiju pyrki aktiivisesti unohta-
maan sen päivän tapahtumat. Ei siinä silloin auttanut selit-
tää rehtorille, että oli ollut huono aamu ja menkatkin olivat
alkaneet keskellä päivää ja että luokkakin oli ollut kammot-
tavampi kuin koskaan. Maiju muisti edelleen, miten kau-
huissaan hän oli ollut siitä, ettei yksikään niistä finninaa-
maisista kakaroista ollut osoittanut minkäänlaista kunnioi-
tusta häntä kohtaan. Ei sitten minkäänlaista. Toisaalta hän

ei ihmetellyt. Nuoret olivat aivan tuuliajolla. Opettaminen oli mennyt yhä vaikeammaksi sen jälkeen, kun alettiin kouluissa puhua hienosti 'inklusiivisuudesta'. Maiju oli käynyt lukemattomia keskusteluita aiheesta työkavereidensa kanssa.

Oli aivan mahdotonta opettaa luokassa, jossa aika piti jakaa normaaliopetuksen, käytöshäiriöisten oppilaiden tasapainottamisen ja erityistukea tarvitsevien ohjaamisen välillä. Joissain luokissa oli sitten vielä niitä ulkomaalaistaustaisia oppilaita, jotka eivät vielä edes hallinneet suomen kieltä sillä tasolla, että olisivat ymmärtäneet opettajan ohjeita. Oli aivan selvää, miksi oppilaat kokivat, että huomiota piti hakea käyttäytymällä huonosti. Ei se heidän vikansa sinänsä ollut, järjestelmän vika se oli, Maiju pohti. Syksyn välikohtausta seurasi paitsi kymmeniä vanhempien yhteydenottoja myös väliaikainen virasta sulkeminen. Ja ne yhteydenotot! Kun nykyään seitsemänkyymmentäviisi prosenttia kaikkien oppilaiden vanhemmista oli eronnut, tuli Wilmassa oppilasta kohden aina kaksi yhteydenottoa. Jestas. Puhuisivat nyt välillä toisilleen kuin aikuiset ihmiset. No, loppiaisen jälkeen hän oli saanut taas palata kouluun. Mutta sellaista se oli, elämä. Ei kai kukaan ollut sanonutkaan, että se olisi aina ruusuilla tanssimista. Miten ihmeessä muuten Marina ei vahingossakaan nuolaissut jugurttia huuliltaan? Aikamoista tahdonvoimaa, Maiju mietti.

Marina nosti kurkkuviipaleita silmiltään ja pyyhki jugurtin pienellä pyyhkeellä.

– Tiedätsä, mä oon niin hajalla tästä. Koko hommasta. Antista, Majurista. Elämästä.

Marina katsoi ystäväänsä. Maiju ei sanonut enää mitään, näytti vain jotenkin niin pieneltä ja harmaalta siinä tuolissaan, Marina mietti.

– Eikä munkaan elämä mitään paratiisia ole. Olen itse asiassa onnistunut sotkemaan asiani aika hienosti. Elän unelmaani, olen siitä täysin tietoinen ja pitäisi olla todella kiitollinen. Mutta tiedätkö mitä Maiju, se tuntuu ihan paskalta.

Marina ei ollut avautunut ystävilleen suurimmasta ongelmastaan. Hän oli jo vuosia ollut ihmeellisessä kierteessä. Se oli alkanut aivan uran alussa, kun eräs tunnettu ranskalainen valokuvaaja oli tehnyt hänelle lupauksen vaihtokaupasta. Tietynlaisia, hiukan erikoisempia seksuaalisia palveluksia vastaan hän varmistaisi, että Marinan kasvot koristaisivat milloin minkäkin huippulehden kantta. Eikä tämä mies ollut mikään turha tyyppi, vaan todella vaikutusvaltainen. Hänellä oli yhteyksiä kaikkiin isoihin muotilehtiin ja kaikkiin tärkeisiin muotitaloihin. Tämä jätkä kaveerasi niiden kanssa, jotka tekivät suuria päätöksiä myös Marinan uran kannalta. Ja koska mies kaiken lisäksi oli tosi kuuma, ei Marina nähnyt siinä mitään pahaakaan. Sehän oli selkeä win-win-tilanne. Itse asiassa aika jännittävä sellainen. Hetken verran Marinasta oli tuntunut, että hänellä on kaikki valta maailmassa. Kunnes hän huomasi, että oli luonut ikiliikkujan. Hän oli jo vuosia ollut ykköskasvo markkinoilla, mutta käytännössä hän oli mallimarkkinoiden ykkösprostituoitu. Mies oli hommannut hänelle kaikki suuret keikat. Italian Vogue. Harper's Bazaar. Marie Claire. Elle. Hän oli Guessin, Calvin Kleinin ja Moschinon hajuvesien kasvokuva. Sports Illustratedin kannessa useampana vuonna. Itse asiassa hän oli ollut jopa Vogue Chinan ensimmäisen numeron kannessa. Ja vasta hänen jälkeensä kanteen pääsi Gisele Bündchen. Lehdissä Marinasta puhuttiin valokuvaajan muusana, mutta se oli kyllä kaukana totuudesta. Ja koska piirit olivat muotimaailmassa pienet, oli asian laita varmasti selvä aika monelle. Suhteellisen julkisessa levityksessä oli todennäköisesti myös tieto siitä, että Marina jo kaksi kertaa oli tehnyt abortin, koska eihän tällaisen prostituutiomuusan kuulunut sotkea suuren taiteilijan täydellistä elämää. Mitä hänen vaimonsakin sanoisi?

Koko kuvio sotki myös Marinan yksityiselämää pahasti. Ei hän pystynyt seurustelemaan kenenkään kanssa. Hän oli kyllä yrittänyt. Mutta jos koko ajan tuntee olonsa likaiseksi sieluansa myöten, ei sitä häpeää pese millään pois. Se puskee läpi, vaikka kuinka pyrkisi peittämään sen kalliilla hajuvedellä. Onneksi töitä oli niin paljon, ettei hän sinänsä ehtisikään rakentaa uutta ihmissuhdetta. Ehkä näin oli tarkoituskin.

Häpeän vuoksi Marina ei ollut kuitenkaan koskaan sanonut mitään porukalle. Ei edes Maijulle. Ja toisaalta taas hän oli kuitenkin saanut juuri sen, mitä elämältään toivoi. Ei kai elämä koskaan ollut täydellistä muutenkaan? Sitä paitsi olisi naiivia ajatella, ettei unelmien toteutumisella olisi mitään hintaa. Niinhän heille kerrottiin viisitoista vuotta aikaisemminkin, kaikkea ei voi saada ja näilläkin unelmilla on hintansa. Kun Marina vertaili omaa tilannettaan Samin tai Antin elämään, meni hänellä kuitenkin todella hyvin. Olisi itse asiassa aika uskomatonta, että juuri hän lähtisi valittamaan kohtalostaan.

– Jaksaisitko sittenkin tuoda mulle sen kahvin?

2013

Sami heräsi kirkkaaseen valoon ja ehti juuri miettiä, oliko kuollut ja mennyt taivaaseen, kun hän näki jollain lailla tutut kasvot hänen yläpuolellaan. Ne katsoivat häntä lempeästi, mutta Sami ei ollut aivan varma, kenelle tuo lempeys kuului. Äiti?

– Miten voit?

Ääni ei ollut äidin. Se oli hänen vaimonsa ääni, Elinan ääni.

– Missä olen?

Terävä valo lähestyi.

– Muistatko mitään siitä, mitä tapahtui?

Eri ääni.

Lääkäri esitti kysymyksen tutkiessaan Samin silmiä pienen taskulampun valossa. Hän sammutti sen ja otti askeleen taaksepäin. Lamppu sujahti rintataskuun.

– Muistatko?

Ei Sami muistanut. Hänellä oli ollut raju päänsärky ja oli päättänyt lähteä aikaisemmin kotiin töistä. Sen jälkeen hän ei muistanut mitään.

– Kun sinut tuotiin tänne eilen, ei sinuun saanut minkäänlaista kontaktia. Välillä heräsit hetkeksi ja sitten taas vaivuit uneen.

– Mitä mulle on tapahtunut?
– Veikkaan joko jännityspäänsärkyä tai sitten jonkinasteista aivoverenkiertohäiriötä. Kuvissa ei näkynyt mitään, mutta vaimosi kertoi, että sinulla on toistuvasti särkenyt päätä ja että olet stressaantunut.
– Niin.
Mitä tuohon sanoisi? Stressaantunut oli sanana täysin riittämätön. Yhtäkkiä kaikki palautuikin mieleen. Sami oli ollut TODELLA stressaantunut jo muutaman viikon ajan. Syykin oli selvä. Hän oli mokannut. Siis tällä kertaa oikeasti mokannut. Hän oli haukannut liian suuren palan ja oli nyt tukehtumaisillaan siihen.
– Jännityspäänsärkyä voi tulla yhtä lailla lihasjännityksestä kuin henkisestä kuormituksesta, lääkäri jatkoi.
– Oletko viime aikoina kokenut ahdistuksen tunteita, huimausta, puutumisoireita? Kuinka usein olet joutunut ottamaan päänsärkylääkkeitä ja miten ne ovat toimineet? Missä tilanteissa olet joutunut ottamaan lääkkeitä ja onko ollut tilanteita, että särky on mennyt ohi ilman lääkitystä?

Lääkärin monotoninen ääni jatkoi jauhamistaan jostain masennuksesta, meditaatiosta ja joogasta. Sami ei jaksanut kuunnella, vaan katosi jo jonnekin silmäluomiensa taakse.

Ei tähän ongelmaan auttaisi psykologi, jooga eikä raitis ilma. Tähän auttaisi vain juurisyyn poistaminen, mikä vaatisi ennemminkin koodinpätkää kuin venytysliikkeitä ja aurinkotervehdyksiä.

Maatessaan sairaalasängyssä Sami päätti, että ainoa keino selvitä tilanteesta oli yrittää peittää jäljet niin, ettei kukaan saisi selville, mitä hän oli tehnyt. Muuten se olisi kaiken loppu. Se olisi uran loppu ja hänen avioliittonsa loppu. Sitä Sami olikin miettinyt juuri silloin tehdessään lähtöä töistä. Hän oli tuntenut järkyttävän voimakkaan virran työntävän painetta päähän, ja sitten kaikki musteni.

****

Pari viikkoa myöhemmin hän istui JP:n kanssa oluella. He olivat alkuun jutustelleet niitä näitä, mutta pakkohan Samin oli avautua asiasta. Hänen oli pakko saada kertoa siitä, jos se vähän edes auttaisi päästämään höyryjä ja tasaamaan painetta.

– Olet tehnyt mitä?!
JP:n ilme kertoi kaiken – tämä oli paha juttu.
– Kuulit oikein.
Sami oli juuri kertonut luoneensa ohjelmiston, jolla hän pystyi manipuloimaan osakemarkkinoita.

– Miten helvetissä sä siihen pystyit?

Sami ei tiennyt, pitäisikö närkästyä siitä, että JP epäili hänen koodaustaitojaan. Eikä se sitä paitsi ollut niin vaikeaa, vaikkakin ajatus alkuun oli tuntunut lähes nerokkaalta.

– Olen tehnyt ohjelmiston, joka seuraa epävakaita, globaaleja senttiosakefirmoja. Samalla se myös seuraa nettikeskustelua niin, että se huomaa, kun puheen sävy sellaisesta firmasta kääntyy hiukan positiiviseksi. Tiedätkö, kun voi erilaisissa verkkopalveluissa luoda sellaisia puhepilviä, joissa pilveen nousee eniten jostain asiasta käytetyt sanat? No, mun ohjelma tunnistaa ne pilvet, joissa sanat muuttuvat negatiivisista positiivisiksi. Silloin tietää, että markkinat ovat valmiit ja silloin se ikään kuin merkkaa sen firman. Tämän jälkeen sama ohjelmisto lähettää viidellä eri kielellä kymmeniä tuhansia viestejä netin keskustelupalstoille ja sosiaalisen median kanaviin ympäri maailman lähes yhtä monen feikkiprofiilin nimissä. Viesteissä on "huhuja" tai "sisäpiiritietoa" jostain tulevasta yrityskaupasta tai muusta kyseistä firmaa hyödyttävästä asiasta.

Sami teki sormillaan heittomerkit ilmassa.

– Syntyy yleinen positiivinen pöhinä, joka saa massat liikkeelle. Tavallaan siinä luodaan keinotekoisesti trendi, joka houkuttelee suuria määriä ihmisiä mukaan. Porukat innostuu ostamaan osaketta, mutta mun ohjelma on hankkinut sitä jo siinä kohtaa, kun se merkkasi firman.

JP tuijotti edelleen Samia lautasen kokoisilla silmillä.

– Ja siinä kohtaa, kun muut ovat ostaneet, sä myyt?

– Näin on. Mun ohjelma hoitaa senkin heti, kun osakekurssissa tapahtuu tietynasteinen nousu.

Samin silmissä näkyi ylpeys. Olihan tämä aika kova juttu toisaalta, ei kuka tahansa pystyisi siihen, mitä hän oli tehnyt. Loppujen lopuksi ohjelman rakentaminen oli ollut helppoa, jotainhan se kertoi Samin koodaustaidoista.

– Ja nyt joku on huomannut, mitä hommailet?

– Siltä tosiaankin näyttää. Huomasin jonkin aikaa sitten mun koneella botin, jonka tehtävä oli estää ohjelmiston toiminta heti merkkauksen jälkeen niin, että se toteutti osakkeiden oston, mutta pysäytti loput ketjusta.

– Eli lopetat sen käytön ja peruutat huomaamattomasti takavasemmalle?

– Niin tein jo. Paitsi että tämä tilanne on hiukan kimurantti. Sami hiljeni hetkeksi ja nosti tuopin huulilleen kuin antaakseen itselleen aikaa kerätä rohkeutta.

Kimurantti oli todellakin se sana, joka kuvasi tilannetta parhaiten. Oli tapahtunut jotain täysin odottamatonta.

– Tunnistin käsialan sen botin koodissa. Tiedän täsmälleen, kuka sen on tehnyt.

– Kuka?

– Yks Ville. Se on mun alainen. Aivan huippuohjelmoija.

JP oli juuri ottanut kunnon kulauksen jo lämpimästä oluestaan. Se suihkusi vaakasuorassa ulos suusta. Kiroillen hän pyyhkäisi kämmensyrjällään suun hakiessaan katseellaan serviettiä.

Miten syvää kuoppaa Sami olikaan onnistunut itselleen kaivamaan.

– Miten meinaat peittää jälkesi?

Siinähän se olikin, se ongelma. Tähän asti Sami olisi voinut lopettaa toiminnan pelkästään poistamalla ohjelman. Oli suhteellisen varmaa, että asia ei olisi koskaan paljastunut. Hän oli kuitenkin tällä kertaa ahnehtinut liikaa ja pitänyt ohjelmiston käynnissä liian kauan. Nyt uusi tilanne vaatikin aivan uudenlaista toimintatapaa.

Sami uskoi kuitenkin voivansa luoda uuden ohjelman, sellaisen joka syöttäisi Villen botille tietoa jostain aivan muusta, kuvitteellisesta alkulähteestä, mutta samalla hän joutuisi tekemään jotain, joka saisi alkuperäisen ohjelman hänen omalla koneellaan näyttämään sinne istutetulta. Miten hän sen tekisi, sitä hän ei vielä ollut keksinyt. Viimeinen vaihtoehto, joka olisi ehkä kaikista helpoin toteuttaa, mutta myös riskiltään suurin, olisi tarjota Villelle osuutta voitoista. Tai sitten voisi tarjota Villelle ylennystä. Jotain, mikä toisi Villelle niin suurta hyötyä, ettei hän haluaisi ilmiantaa Samia. Sen jälkeen voisi ehkä jatkaa markkinoiden manipulointia yhdessä, tai sitten pitäisi kokonaan lopettaa.

– Ei helvetti, Sami! Sä oot niin pulassa!

Senhän Sami tiesi. Sen siitä sai, kun rekrytoi alan parhaimmistoa.

– Kerro jotain, mitä en tiedä, viitsitkö?

– Sori, broidi, en tarkoittanut sitä pahalla.

– Et sitten kerro kenellekään. Et kenellekään.

– En tietenkään.

JP hörppäsi uudelleen olutta, tällä kertaa se valui rauhallisesti kurkusta alas. Ei tätä nyt kellekään voisi kertoakaan, hän joutuisi vielä oikeuteen todistamaan, jos puhuisi. Oli tarpeeksi paha juttu, että Sami oli kertonut asian hänelle. Jos JP:n nimi liitettäisiin missään muodossa tähän asiaan, saattaisi se merkitä hänen uransa loppua.

2011

Paraisilla olimme lämmittäneet saunan ja Sami heitti kolmannen kauhallisen löylyä kiukaalle. Me kaikki neljä miestä istuimme hiljaa pienehkön saunan lauteilla. Saunatilan täyttävä puun tuoksu vei porukan takaisin lapsuuden vuosiin. Muistikuvissamme 80-luku tuoksui nimenomaan mökiltä, kesäillalta ja puusaunalta. Miten viatonta elämä olikaan silloin ollut.

– Tavallaan on sääli, ettei lapsena tiennyt, mitä aikuisuus tuo tullessaan – olisi ehkä ymmärtänyt nauttia elämästä vielä enemmän, Sami mietti ääneen. Hän avasi oluen ja antoi korkin tippua lattialle. Äijäporukassa oli se hyvä puoli, ettei kukaan ikinä katsoisi sellaista paheksuvasti. Mitä sitten, olutpullon korkki oli lattialla, kai sitä oli pahempaakin kokenut? Kotona hän olisi saanut kuulla siitä. Elina olisi pauhannut siitä ainakin viisi minuuttia. Sami hekotteli ääneen ajatukselleen. Päivä oli ollut hieno, päänsärkykin oli mennyt ohi.

Nauroimme Samille, minä, JP ja Peltonen, kun hän siinä

hekotteli itsekseen. Nostin olutpulloni ja kilistelin sitä Samin pullon kylkeen.

– Skål på den saken.

Suljin silmäni ja nojailin vielä hetken verran seinään sanomatta mitään. Kolmas päivä mökillä oli päättymässä. En halunnut, että porukat lähtisivät stressaantuneina täältä jatkamaan elämäänsä jokainen eri puolella maailmaa. Halusin, että he voisivat nauttia pitkän viikonlopun tuomasta mielenrauhasta ja siitä, että olimme saaneet viettää niinkin monta päivää yhdessä pitkästä aikaa.

Sami heitti jälleen vettä kiukaalle. Avasin silmät ja katsoin muita.

– Ymmärrän, että olette musta huolissanne, ja varmaankin syystä. Mutta ei teidän tarvi murehtia. Mä olen parin kuukauden ajan käynyt psykiatrilla Nykissä – se maksaa omaisuuden, mutta mitä mä nyt muutenkaan rahalla tekisin – ja nyt alkaa jo näyttää valoisammalta.

– Oletko aivan varma tuosta?

Sami oli vakavoitunut ja katsoi minua epäillen.

– Meinaan, tosi hienoa, että käyt kallonkutistajalla, mutta ootko oikeasti voinut paremmin?

Peltonen liikehteli hermostuneesti, nousi ja avasi oven.

– Ottaako joku muu lisää kaljaa?

Hiljaisuus laskeutui jälleen lauteille.

– Syöksä vielä pillereitä?

Sami katui kysymystään heti, kun oli päästänyt sen suustaan. Ei kukaan tiennyt, mitä pillereitä kukakin söi. Hänhän oli se, joka söi yhden perhepaketillisen Buranaa viikossa. Kaiken lisäksi, ehkä Marina oli liioitellut tai nähnyt jotain kofeiinitabletteja. Mistä sen tiesi. Jotenkin oli kuitenkin vaikea uskoa, että valo näin yllättäen olisi löytänyt tiensä sellaiseen pimeyteen, mitä porukka oli viime vuosien ajan saanut todistaa.

– Kukapa ei söisi pillereitä nykyään?

JP päätti osallistua keskusteluun loiventamalla sitä.

– Kaikkien pitäisi nykyään popsia kaiken maailman lisäravinteita. Purkkitolkulla pitäisi kärrätä aineita jostain luontaistuotekaupasta. Ennen riitti, kun söi vihanneksia ja hedelmiä.

Hymähdin JP:n lausahdukselle. Oli helppo ymmärtää, miten tällainen diplomaattinen tyyppi oli pärjännyt elämässään niin hyvin.

Kokoomus ei kukistanut keskustaa vuoden 2007 vaaleissa ja JP oli saanut tyytyä rivikansanedustajan rooliin. Toisaalta tuo tyyppi tekisi hyvää jälkeä missä tahansa roolissa, joten ei siinä mitään, eikä kokoomuksen tappio vaikuttanut häntä masentavan. Seuraaviin eduskuntavaaleihin JP ei enää sitten osallistunutkaan. Kahdeksan vuotta eduskunnassa sai riittää, vaikkakin gallupit povasivat tällä kertaa kokoomukselle voittoa. JP ei tapansa mukaan sitä murehtinut. Hänellä oli jo katse uusissa positioissa.

Hymähdin.
– Voin oikeesti paremmin.
Sami tarttui taas kauhaan ja heitti lisää löylyä. Asia oli äijien kesken loppuun käsitelty.

***

Mietin tuon viikonlopun jälkeen, että itse asiassa minulla oli asiat tosi hyvin. Oli hyvä kaveriporukka, joka oikeasti kantoi huolta hyvinvoinnistani. Minä tiesin tasan tarkkaan, kun Marina oli lähtenyt soittamaan porukkaa kasaan, mikä oli yhdessäolon tarkoitus, ja olin hyvin äkkiä päättänyt, että minun piti rauhoittaa tilanne. Näillä tyypeillä oli muutenkin rankkaa – ja syy siihen oli minun. Syyllisyydentunne nakersi minua enemmän kuin mikään muu asia tällä hetkellä. Joten koin, että oli minun vastuullani saada tämä yksi huolenaihe pois heidän harteiltaan. Jos siinä onnistuisin kolmessa päivässä, olisi se huippuhienoa.

Oli totta, että kävin psykiatrilla. Mutta se ei ollut saanut minua lopettamaan "pillereiden" syömistä. Minun oli todella helppoa saada käsiini melkein mitä tahansa aineita. Oli onneksi suhteellisen yksinkertaista hankkia tarpeeksi sellaisia pillereitä, jotka nostivat minut kuopasta silloin, kun masennukseni oli pahimmillaan. Ennen kaikkea pyrin siihen, ettei alalla huomattaisi, missä jamassa olin. Jos pystyin siihen vielä muutaman vuoden, se riittäisi. Olihan siinä jo tavoitetta. Toisaalta rahalla saa ja hevosella pääsee. Minulla oli riittävästi dollareita tilillä, jotta pystyisin saamaan mitä tahansa apuja tarvitsisin. Koska aikaa ei ollut muutenkaan loputtomiin, pystyisin todennäköisesti pitämään tilanteen asioiden vaatimalla tasolla. Olihan siitä rahasta sittenkin jotain hyötyä.

***

Marina soitti Samille odotellessaan lentoa Frankfurtin lentokentällä. Hän oli matkalla kuvauksiin Dubaihin. Töiden jälkeen hän jäisi vielä pariksi päiväksi lomailemaan. Aikaisemmin sekin oli stressannut häntä, nyt pieni loma taas tuntui todella hyvältä ajatukselta.

– Sehän meni hienosti, vai mitä sanot?

– Menihän se.

Sami oli yhtä helpottunut kuin Marinakin. Jotenkin oli alkanut tuntua siltä, ettei heidän tarvinnut olla niin huolissaan Antista kuin ennen.

– Tiedätkö, se tulee nousemaan, mä tunnen sen!

Marina kuulosti pitkästä aikaa iloiselta, vapautuneelta. Ei stressaantuneelta ollenkaan. Siitä Sami oli erityisen onnellinen. Marina, jos kukaan heistä, oli ansainnut tuon helpotuksen tunteen, hän oli kuitenkin se porukan äitihahmo, joka kantoi kaikkien muiden murheet harteillaan. Oli vain oikein, että hän saisi hetken hengähtää.

Lyhyen puhelun jälkeen Sami näppäili muutaman rivin antaen viimeisen silauksen uudelle koodinpätkälle, joka todennäköisesti tuplaisi hänen voittonsa. Kun kone lähti tallentamaan muuttunutta ohjelmaa, tunsi hän tutun vanteen jälleen kiristyvän päänsä ympärillä.

2016

Se päivä oli jotenkin rankempi kuin muut. Minun olisi pitänyt nousta koneeseen ja lentää yön yli, jotta voisin osallistua luokkakokoukseen muiden kanssa. Marina oli järjestänyt asian tosi hienosti ja varannut meille pöydän juhlista, kaikille huoneet samasta hotellista ja vielä brunssipöydän seuraavana aamupäivänä. Halusin oikeasti lähteä. Mutta istuessani autossa matkalla lentokentälle minut valtasi niin voimakas ahdistuksen tunne, etten vain pystynyt siihen. Ajatukseen kaikista niistä, jotka kyselisivät mitä teen työkseni, onko minulla vaimoa, lapsia, koiraa. Joiden asenne minuun muuttuisi heti, kun kuulisivat työstäni, asuinpaikastani, kun näkisivät kalliin pukuni.

Olin pyytänyt kuljettajaa kiertämään iltaruuhkan ja ajamaan Queensin kautta lentokentälle. En pystynyt nyt siihen liikenteen infernaaliseen meluun, mitä se usein tähän aikaan oli. Kaikki pyrkivät vain pääsemään mahdollisimman pian pois Manhattanilta ja kotiin. Hengitin syvään muutamia kertoja. Rauhoitu, hoin itselleni. *Rauhoitu.*

Hengittelin ja pohdin omaa rooliani tässä kokonaisuudessa. Millä oikeudella olisin niin itsekäs, että en ilmestyisi paikalle? Marina ja koko porukka odotti, että minäkin saapuisin luokkakokoukseen ja että olisimme koko porukka taas yhdessä.

Päätin ryhdistäytyä. Otin taskustani purkin ja kaivoin esille yhden tabletin. Laitoin sen suuhun ja suljin silmäni. Odotin minuutin verran ja pyyhin otsalleni nousseet hikikarpalot. Revin tuskissani takin päältäni. Tuhannen kuudensadan dollarin trenssi. Kuka idiootti edes maksaa trenssistä niin paljon? Otin toisen tabletin. Vaikka pidin silmiä kiinni, jokin ihme elokuva pyöri naamani edessä. Pimenevässä illassa loistavat mainosvalot tunkivat luomien alle ja joka ikinen liikenteestä kantautuva auton tööttäys lisäsi hikipisaroiden määrää otsallani. Olin melko varma, että tämä oli tässä. Näin huono olo minulla ei ollut koskaan ollut aikaisemmin. Kapea solmio kuristi kurkkua kuin hirttosilmukka, revin sen auki tahmeilla sormillani. Ällötin itseäni. Miten ihminen voikaan heittää hukkaan elämänsä tällä tavalla, mietin. Ei yhtään uutta ihmissuhdetta kahteenkymmeneen vuoteen. Ei yhtään. Miten kukaan rakentaa sellaisen päälle? Revin paidan auki ja siinä samassa lähti kaksi nappia irti. Ne pyörähtivät kuin hidastetusti auton penkille ja siitä lattialle. Liikenteen ääni teki minut hulluksi. Avasin silmät ja näin Citi Fieldin stadionin valojen vilahtavan ohi.

Tuo rakennus on kaunein, minkä olen ikinä nähnyt, ajattelin ja nojauduin eteenpäin.

– Stop the car!

Minun oli pakko päästä kotiin.

***

Lyseon lukion jumppasalissa Majuri pyyhki kädensyrjällään verta alahuulesta.

– Idiootti. Varsinainen vellihousu vauhdissa. Totuus tekee kipeää, vai mitä?

Marinan silmät eivät enää salamoineet, tilalle oli tullut päättäväinen katse. Tämän älyttömän touhun oli loputtava. Millään muulla ei ollut merkitystä.

– Eli miten lopetamme tämän? Lupasit lopettaa sen, jos näin päättäisimme. Olemme nyt tässä, kaikki paitsi Antti, ja sinä lopetat tämän nyt, kuten lupasit.

– Tuo on tavallaan totta. Taisin todellakin sanoa niin.

Majuri taputteli verta vuotavaa huultaan servietillä.

– Tavallaan taas asia ei ole minun käsissäni. Te lopetatte sen itse.

– Miten?

Marinan valtasi epäusko. Majuri ei kuitenkaan ehtinyt vastata.

– Minä tiedän.

Kaikki katsoivat Maijua. Hän taas katsoi kavereitaan oudon näköisenä. Jotenkin samanaikaisesti nolona ja surullisena.

– Minä tiedän, mitä tuo aikoo sanoa.

Maiju painoi päänsä.

– Te olisitte voineet lopettaa tämän koska tahansa. Itse.

– Mitä helvettiä sä tarkoitat?

Sami ryntäsi jälleen ylös nyrkit pystyssä kaataen tuolinsa. Marinaa Samin kuumapäisyys ärsytti. Ei ihme, että tyypillä meinaa räjähtää pää, rauhoittuisi nyt. Asia ei ratkeaisi ikinä, jos hän löisi Majurin tainnoksiin.

Majuri nosti kuitenkin kätensä ja pysäytti tällä kertaa Samin pelkällä eleellä. Hän käänsi katseensa Maijuun.

– Kerro, mitä tiedät.

Maijun katse oli painunut.

– Te teitte itsellenne unelmakartan, hän melkein kuiskasi.

– Sellaisia, mitä mekin teimme Marinan kanssa neljätoistavuotiaina. Maiju katsoi Marinaa kuin hakeakseen tältä tukea ennen kuin jatkoi. Marina tuijotti takaisin lautasenkokoisin silmin.

– Muistatko, Marina? Siihen kerättiin kaikki, mitä elämältä toivottiin. Leikattiin kuvia lehdistä ja liimattiin ne isoon pahviin. Ajatuksena oli, että kun on sanonut unelmansa ääneen ja visualisoinut sen, sitä kohti alkaa maagisesti liikkua. Jotenkin vetää puoleensa niitä asioita, koska on sisimmässään jo visioinut niiden toteutumisen. Te teitte saman silloin luokassa. Te visualisoitte elämänne ja lähditte sitä kohti.

– Kuunnelkaa tätä terävää tyttöä. Olet oikeassa. Fakta on se, että te päätitte itse tehdä niin kuin halusitte, ja olisitte koska tahansa voineet päättää tehdä eri tavoin. Elämänne on tietenkin omissa käsissänne, ihan kuin kenellä tahansa muullakin. Kaikki on kiinni siitä, mihin suuntaa energiansa.

Majuri hiljeni hetkeksi kuin katsoakseen porukan reaktioita.
– Sinänsä on hupaisaa, että kuvittelette olevanne niin erityisiä. Tuttu murahteleva nauru vyöryi vuotavan alahuulen yli.
– Joka päivä päätätte itse, miten sen elätte, kuten kaikki muutkin ihmiset. Joka päivä olette itse vastuussa teoistanne, päätöksistänne, ajatuksistanne. Samoin olette itse vastuussa siitä, miten tekonne, päätöksenne ja ajatuksenne vaikuttavat. On kulunut kaksikymmentä vuotta ja yhtä kauan te olette enemmän tai vähemmän rimpuilleet. Montako päivää olette näiden vuosien ajan eläneet juuri niin, kuin olette itse päättäneet?
– Elämä on omissa käsissänne, Majuri toisti.

Hän nousi paikaltaan, kääntyi ja lähti kävelemään ulos sa-
lista, jossa musiikki soi, ihmiset tanssivat ja booli maistui.
Paitsi yhdessä pöydässä.

Tähän tarinamme olisi voinut loppua, tiedän sen. Mutta se ei olisi ollut reilua. Ei sinulle, joka tätä luet, eikä meille, jotka tätä elämme. Siksi tarina ei lopu, se jatkuu.

En päässyt Suomeen lauantaiksi, enkä siis ehtinyt luokka-kokoukseen. Ihan hyvä niin, kun asiaa ajattelee näin jäl-keenpäin. Olin kamalassa kunnossa. Ei olisi ollut reilua tulla sen näköisenä sinne. Sekavassa tilassa, itsemurhan partaalla. Kuka siitä olisi hyötynyt? Kuski käänsi auton pyynnöstäni ja lähti viemään minua takaisin kohti Manhat-tania.

Nousin hissillä 54. kerrokseen. Matka tuntui kestävän ikui-suuden. Asunnollani menin suoraan baarikaapille. Valitsin sieltä muutaman pikkupullon ja asetin ne pöydälle riviin. Hain lasin ja valahdin nojatuoliin takki päällä ja kengät ja-lassa. Kunnon lääke-alkoholicocktail olisi paikallaan. An-noin katseeni vaeltaa ulos huoneenkorkuisista ikkunoista ja kaupungin ylle. Oli tavallaan ihmeellistä, että mitä isompi kaupunki ja mitä enempi ihmisiä oli ympärillä, sen yksinäi-sempi olin. New York ei välittänyt minusta paskaakaan. Sille kaupungille oli aivan sama, olinko elävä vai kuollut. Täällä kuoli ihmisiä mitä erikoisimmista syistä joka päivä. Ei tämä kaupunki heitä jäänyt kaipaamaan. En erottuisi mi-näkään millään tavalla siitä joukosta. Kuolisin tänä vuonna ja jos mitenkään haluaisin siihen vaikuttaa, voisin ainakin päättää miten se tapahtuisi ja milloin.

Kaivoin puhelimen taskusta ja selailin pelkällä etunimellä tallennettuja nimiä. Voisi ehkä ajatella, että henkilö, jonka

numero on tallennettu pelkällä etunimellä, olisi hyväkin
tuttu. Minulle pelkkä etunimi tarkoitti juuri päinvastaista.
Ja se pelkistä etunimistä muodostuva luettelo puhelimes-
sani oli pitkä.

Tyttö tuli tunnin sisällä, jolloin olin jo tyhjentänyt muuta-
man lasillisen. En muistanut, olinko nähnyt häntä ennen,
mutta kai minä olin, kun hänen numeronsa oli puhelimes-
sani. Hänellä oli pitkät tummat hiukset, jotka laskeutuivat
melkein vyötärölle sakka ja korvan takana punainen kukka.
Kaunis kuin mikä, mietin itsekseni. Keskustelimme hetken
verran matkastani, joka ei toteutunutkaan. Hallitsin small
talkin henkisestä tilastani huolimatta. Mahtava kyky, mie-
tin. Jotain tämä kaksikymmentä vuotta kestänyt elämä kos-
mopoliittina oli opettanut. Muistin, että olisi pitänyt ilmoit-
taa Marinalle siitä, etten tulekaan juhliin. Tekisin sen myö-
hemmin. Kaadoin tytölle, jonka nimi oli Nurul, muutaman
sentin konjakkia lasiin ja ojensin sen hänelle. Hän otti lasin
vastaan ja asetti sen takaisin pöydälle.

– Tule.
Nurul tarttui minua kädestä ja veti minut ylös nojatuolista.
Olin aivan poikki, en halunnut seksiä. En vain halunnut olla
yksin. Halusin vain, että hän olisi kanssani hetken samassa
huoneessa,
– Voidaanko vain jutella? kysyin.

– Tai voitko vain olla hiljaa vieressäni, ei meidän tarvitse edes jutella.

– Tule nyt. Nurul johdatti minut sängylle.

– Tämä on jotain paljon parempaa kuin seksi.

Nurul työnsi minut hellästi selälleni ja otti minulta kengät ja sukat pois. Hän hyväili paljaita jalkojani ja asetti ne sitten sängyllä vierekkäin. Yllätyin, kun hän itse siirtyi sängyn toiseen päätyyn, sujahti taakseni ja nosti pääni syliinsä. Hellin, rauhallisin liikkein hän alkoi hieroa kasvojani. Hänen kätensä tuoksuivat sitruunaruoholta.

– Rentoudu.

Minä yritin. Mitä ihmettä hän oli tekemässä? Halusin oikeasti vain nukkua.

– Hengitä rauhallisesti nenän kautta sisään ja ulos. Tunne, miten koko kehosi rentoutuu.

Nurulin ääni oli kuin hunajaa. Pehmeä, taipuisa, rauhoittava. Se myötäili hänen liikkeitään, se kuljetti hänen sitruunaruohontuoksuista kättään ihollani.

– Kuvittele, että makaat autiolla rannalla. Tunnet hiekan lämmittävän selkääsi, aaltojen huuhtelevan jalkojasi. Tunne niiden hyväilevän sinua, kun tuovat sinulle voimaa mereltä. Tunne, miten ne keventävät sinua, kun vievät tuskasi mennessään.

Näin itseni ylhäältäpäin. Siinä minä makailin, alastomana hiekkarannalla, ja annoin aaltojen hyväillä minua. Tunsin olemiseni kevenevän, kun aallot kuljettivat elämäni tuskia kauas pois. Olin kotka, joka levitti siipensä ja leijui ilmavirrassa. Hetken verran en tiennyt, kumpi olin, yläilmoissa oleva kotka vai alaston keho rannalla. Nurul jatkoi rauhallista mantraansa.

– Hengitä sisään ja täytä keuhkosi voimalla, rakkaudella, rauhalla. Hengitä ulos ja luovu vihasta, katkeruudesta, pahasta.

Ymmärsin olevani molemmat – sekä kotka että alaston mies. Katsoin, miten puhdistuin aaltojen voimasta. Tunsin oloni vapaaksi, voimakkaaksi, täydelliseksi.

– Sinun sisälläsi on tarina. Olet rakentanut sitä koko elämäsi ajan. Se rakentuu muiden odotuksista, omista tavoitteistasi, itsellesi asettamistasi vaatimuksista.

Tunsin lämpöisen hiekan selkäni alla. Sen karheus kertoi, että olin olemassa. Aallot huuhtelivat lempeästi jalkojani. Mielessäni kävi pian päättyvä tarinani. Loppu oli lähellä, tiesin sen. Avasin mielessäni silmät ja katsoin sinistä taivasta, joka oli täyttynyt Nurulin korvan takana olevilla punaisilla kukilla. Ne tippuivat hitaasti ja yksitellen, kuin sade, kuitenkaan kastelematta minua. Miten maailmassa voi olla mitään niin kaunista, mietin.

Tunsin Nurulin tarttuvan käteeni. Hän avasi sen lempeästi ja silitti sormet suoraksi. Tunsin samettisen pehmeyden kämmenelläni. Nurul oli asettanut kukkansa käteeni.

– Päästä irti tarinastasi, et tarvitse sitä enää.
Nurul asetti kätensä rinnalleni ja painoi sitä hellästi.
– Anna hengityksesi puhdistaa sinut tarinastasi. Kehosi kyllä itse tietää, kuka olet ja minne olet menossa. Et tarvitse tarinaa enää, olet eheämpi ilman sitä

Hengitin Nurulin käsien määräämään tahtiin. Hengitin ulos pieniä paloja tarinastani. Hengitin sisään aitoa itseäni. Aallot veivät mennessään traagisen loppuni, lämmin hiekka puhdisti minut surullisen yksinäisestä elämästäni. Hengitin sisään ja tunsin lähes kirpeän ilmavirran etenevän henkitorven kautta keuhkoihin. Katsoin kotkaa silmiin ja katsoin rannalla makaavaa alastonta miestä. Kotka kohtasi miehen katseen. Pystyt siihen, se sanoi ilmeettömänä ja varmana levittäen siipensä.

Nurul oli siirtynyt koskettelemaan käsivarsiani, vatsaani, kylkiäni. Hänen kosketuksensa tuntui rakastavalta. Hän ei enää puhunut, vaan auttoi minua rytmittämään hengitystä liikkeen avulla. Ymmärsin, miksi hänen kosketuksensa tuntui niin uudenlaiselta – se oli jollain tavalla niin pyyteetöntä. En ollut ehkä koskaan sellaista kokenut, että toinen ihminen olisi koskettanut minua täysin pyyteettömästi. Nurul ei odottanut minulta mitään, ja se tuntui vapauttavalta, puhdistavalta. Se oli minua varten, mutta minulta ei odotettu vastineeksi mitään. Minut valtasi kiitollisuuden tunne, mikä sekin oli minulle aivan uutta.

En tiedä, miten kauan Nurul jatkoi puhdistustani, mutta tiesin, etten koskaan enää olisi se sama ihminen, joka olin ollut aamulla herätessäni. Tiesin myös, etten enää koskaan olisi mies vailla tarkoitusta, vailla tulevaisuutta.

Jos kuolisin nyt, kuolisin onnellisena.

2019, Dire Dawa (Etiopia)

Marina seisoi kädet lanteillaan pölyn peittämässä khakipuvussaan. Hänen pörröiset hiuksensa oli tungettu maastokuvioisen lippiksen alle siltä osin kuin mahtuivat. Maihareista pilkottivat beiget polvisukat, jotka korostivat ruskettuneita sääriä. Häikäisevän kaunis työnjohtaja, ei voinut muuta sanoa. Jos Vogue olisi ollut paikalla, olisi tästä lookista saanut kansikuvan.

Marina seurasi katseellaan suuren kyltin hidasta nousua.
– Just a bit more to the left! Nyt vasen puoli roikkuu, nostakaa sitä!
Kiedoin käsivarteni hänen hoikalle vyötärölleen.
– Se on täydellinen.
Seurasimme kyltin kiinnittämistä hiljaa. Kuka olisikaan uskonut? Emme me ainakaan. Kyltissä oli isoilla kirjaimilla teksti MWCE. Marina Women & Children Empowerment.
– Tämä jollain tavalla sinetöi koko homman. Marina katsoi minua. Tämä tekee kaikesta sen arvoista. Eikö teekin?

Tiesin tismalleen, mitä hän tarkoitti. Oli vaikea uskoa, että kaikki tämä oli tullut siitä mustasta aukosta, jossa olimme olleet vielä pari vuotta aikaisemmin. Ehkä tämä olikin ollut sen kaiken tarkoitus.

Olin saapunut Etiopiaan vuorokautta aikaisemmin, tämä oli jo kolmas matka tänne vuoden sisällä. Marinan hyväntekeväisyysjärjestö oli avaamassa keskusta Dire Dawaan. Keskuksen ensimmäiset suunnitelmat hän oli luonnostellut luokkakokouksen jälkeisenä aamuna serviettiin. Marina, Sami, Peltonen, JP ja Maiju olivat kokoontuneet brunssille soitettuani heille videopuhelun asunnostani New Yorkissa.

Jos olisi pitänyt sanoa yksi asia, joka porukkaamme sinä aamuna oli yhdistänyt, oli se eräänlainen elämisen kepeys. Elämä oli meidän omissa käsissämme ja olimme kaikki vapautuneet tuskastamme, tavalla tai toisella. Toki Samilla oli kammottava kankkunen. Minä olin elossa.

Olimme keskustelleet siitä, miten elämä olikin mennyt niin kuin meni.
– Se on kuin unelmakartta!
Maiju selitti minulle tohkeissaan linjan toisessa päässä. Hän kertoi kokeneensa edellisiltana valaistumisen hetken ja nähneen sen kaiken hyvinkin kirkkaana.
– Ymmärrätkö? Silmiemme eteen maalattiin tulevaisuus, jota lähdimme vaistomaisesti seuraamaan. Etkö Antti ole

kuullut unelmakartoista?

Tavallaan ymmärsin. Pohdin kyllä, saattoiko se olla noin yksinkertaista. Mutta tottahan se oli, silloin kaksikymmentä vuotta aikaisemmin olimme kaikki nähneet ne asiat, joita lähtisimme tavoittelemaan. Olimme saaneet unelmakartat loppuelämälle.

Tietenkin oman elämäni oli ollut tarkoitus loppua. Oli kulunut kuukausia ja kuukausia ennen kuin uskalsin luottaa siihen, ettei minulle ennustettu kuolinpäivä pitänyt paikkansa. Kun vuosi vaihtui toiseen, en enää epäillyt. Olin elossa ja se, kuinka kauan, olisi hämärän peitossa ihan niin kuin kellä tahansa muullakin ihmisellä. Sitä tunnetta en kylläkään pystynyt kellekään kuvailemaan. Olin elänyt kaksikymmentä vuotta siinä uskossa, että kuolisin vuonna 2016. Kun en sitten kuollutkaan, olin kuin uudestisyntynyt. Toisaalta olin joka tapauksessa eräänlainen uusi versio itsestäni. Nurul oli käynnistänyt puhdistuksen, joka pesi minut omasta historiastani, häpeästäni.

Seistessäni Marinan vieressä pölyn peittämässä Dire Dawassa, niin ylpeänä hänen tahdonlujuudestaan kuin ikinä voi olla, mietin miten nopeasti hän olikaan päättänyt pistää tuulemaan. Marina oli nähnyt mahdollisuutensa lähteä toteuttamaan elämänsä toista suurta unelmaa. Ilmiselvästi oli hyötyä siitä, että oli maailman tunnetuin ihminen. Itse taas pystyin sijoittamaan sievoisen summan Marinan organisaatioon, ja tein sen mielelläni. Omistin neljäkymmentäkaksi prosenttia Marina Women & Children Empowermentista. Tällä kertaa en kuitenkaan tehnyt sijoitusta saadakseni voittoa. Oli ollut aika panostaa hyvään.

– Voiko kellään olla näin hyvä säkä?
Marina käänsi hämmästyneen katseensa minuun, mutta hymyili sitten.
– Niin, aikamoinen onnenpotku tämä on ollut. Kuka olisikaan arvannut?

Katsoimme toisiamme ja nauroimme. Viimeiset kaksikymmentä vuotta olivat olleet suurimmalle osalle meistä niin vaikeita, että oli oikeasti helppoa nauttia tästä hetkestä. Kaikki palaset olivat toden teolla loksahtaneet paikoilleen. Marinan pitkäaikainen toive hyväntekeväisyydestä oli yhtäkkiä näyttänyt mahdolliselta.

Tavatessamme jouluna 2017 olimme porukalla huomanneet, että me voisimme kaikki auttaa Marinaa hankkeessa. Miksipä ei, pohdimme silloin? Jos jotain, olisi MWCE mahdollisuus korjata elämämme aikana tekemämme vääryydet, saisimme yhdistää voimamme ja tehdä asioita yhdessä. Kaikessa typeryydessään ne päätökset, jotka teimme uristamme ja elämistämme yli kaksikymmentä vuotta aikaisemmin, olivat osoittautuneet juuri oikeiksi, jos aikoi olla perustamassa naisten ja lasten keskusta Etiopiaan. Itse asiassa oli pakko nauraa tälle asialle. Hetken verran tuntui siltä kuin olisi herännyt kesken pokerinpelin täyskäsi kourassa.

Ehkä juuri siksi oli jotain erityisen maagista siinä, että sain olla Marinan kanssa paikan päällä katsomassa, kun keskuksen nimikylttiä pystytettiin. Se oli kuin symboli sille, miten elämän aikana tehdyt virheet eivät tarkoittaneet sitä, ettei niistä voisi jotain hyvääkin syntyä.

***

Sami sai Marinan WhatsApp-viestin istuessaan Tukholman toimistossaan. Hän avasi kuvan ja nyökytteli tyytyväisenä. Marina oli onnistunut, hyväntekeväisyysjärjestön ensimmäinen Afrikan keskus oli valmis avattavaksi. Sami painoi peukalollaan mikrofonikuvaketta ja äänitti onnitteluviestin ja lupauksen tulla paikan päälle katsomaan. Hän jätti puhelimen pöydälle ja siirtyi huoneen korkuisen ikkunan ääreen katselemaan ulos. Ulkona Nybrovikenin vesi kimalteli auringonvalossa. Kello oli viisi, pian pitäisi lähteä kohti Arlandan lentokenttää ja palata Suomeen viikonlopun viettoon perheen kanssa.

113

Sami oli nyt ollut vuoden Tukholmassa pääkonttoriaan pitävän rahastoyhtiön palkkalistoilla. Puolet viikoista meni yleensä Helsingissä, puolet Tukholmassa. Itse asiassa hänellä oli kyllä ollut aivan uskomaton tuuri, kun miettii, miten elämä olisi voinut mennä. Tapettuaan vihdoin ja viimein kehittämänsä – täysin laittoman – robotin Sami oli huomannut, että voisi itse asiassa pienellä viilauksella myydä logiikan eteenpäin yritykselle, joka voisi käyttää sitä laillisesti. Laillisen robotin rakentamiseen hän oli pyytänyt Villeltä apua luvaten, että tämä saisi puolet siitä, mitä robotin myynti tuottaisi. Nyt robotti oli käytössä Pohjoismaiden johtavalla alan yhtiöllä, joka ensimmäisten joukossa lähti hyödyntämään tekoälyä sijoitustoiminnassa. Sami oli paitsi myynyt robotin, myös ottanut vastaan pestin yrityksen teknologiajohtajana. Ville puolestaan otti myynnistä saamansa rahat, myi omaisuutensa Suomessa ja lähti Balille surffaamaan.

Itse asiassa oli silkka ihme, miten hienosti asiat olivat lopuksi menneet. Päänsäryt olivat kadonneet, ei mikään ihme sinänsä, ne olivat olleet napanuorastaan kiinni emoaluksessaan, eli robotissa. Ja mitä tärkeintä, Sami ei ollut jäänyt kiinni. Mitä Elinakin siihen olisi sanonut.

Ensimmäistä kertaa hän oli myös sijoittanut osan rahoistaan johonkin, johon todella uskoi. Ei siksi, että se olisi tuottoisa investointi, vaan siksi, että se tuotti muille hyvää. Samin osuus MWCE:ssä oli toki huomattavasti pienempi kuin Antin. Kukkaronnyörien avaaminen ei tunnetusti ollut Samille helppoa, minkä vuoksi hän koki sijoituksen itsessään työvoittona. Hän työnsi kannettavan tietokoneensa laukkuun ja tarkisti vielä lentoliput puhelimestaan. Taksi odotti jo kadulla.

***

Maiju makasi sängyssä ja seurasi katseellaan miestään, kun tämä nousi keittämään kahvia. Vielä hetken saisi makoilla, mutta edessä oli iso päivä. Pian olisi aika pakata laukut ja lähteä perustamaan koulua Etiopiaan. Aika ihmeellinen ajatus, mutta totta se oli. Maiju ei malttanut odottaa, vaikka asia yhtä aikaa oli hermostuttava ja innostava. Kaikista eniten hän halusi päästä paikan päälle ja nähdä omin silmin sen paikan, josta Marina oli lähettänyt kuvia ja videoita. Olen lähdössä Afrikkaan, hän mietti katsoessaan kattolampusta roikkuvaa hämähäkinseittiä. Maiju ei ollut koskaan käynyt Euroopan ulkopuolella, ja nyt hän oli lähdössä Etiopiaan kokonaiseksi lukukaudeksi. Hän oli kuitenkin valmis siihen, hän tiesi sen. Oli aika tehdä jotain merkittävää.

Oli muuten tuntunut aivan uskomattoman hyvältä anoa vapaata töistä. Eniten kuitenkin Maiju odotti sitä, että porukka olisi jälleen kasassa. Peltonen tulisi samalla lennolla Vaasasta, hän oli luvannut tulla auttamaan naistentautien poliklinikan tarvikkeiden hankinnassa. Molemmat olisivat mukana keskuksen rekrytoinneissa. JP ja Sami tulisivat myöhemmin keskuksen virallisiin avajaisiin. Oli aika lailla uskomatonta, miten jännittävän käänteen elämä heille tarjosi kaiken koetun jälkeen.

Ehkä en sittenkään halunnut vain sitä tavallista elämää, Maiju pohti noustessaan sängystä ja etsiessään ehjiä sukkahousuja sukkalaatikosta. Ehkä pelkäsin vain tuntematonta. Ja jos yhtä ainoaa asiaa saisin vielä toivoa, toivoisin juuri tätä.

Jälkisanat

Toimiiko elämä todellakin näin? Toiset sanovat, että toimii. Itse olen kokeillut tavoitteiden kirjaamista päiväkirjaan vuositasolla. Sekin on toiminut. Tärkeintä kai loppujen lopuksi ei ole se, tekeekö itselleen visuaalisen unelmakartan vai ajastaako tavoitteensa kalenteriin. Tärkeintä lienee se, että päättää, mitä kohti lähtee kulkemaan, ja suuntaa energiansa sen tavoitteluun.

Toistuva teema ajatuksissani on tätä kirjaa kirjoittaessani ollut, että huonotkin päätökset voivat johtaa hyvään. Että huono valinta voi johtaa hyvälle polulle. Jos haluaa asioiden muuttuvan, täytyy kuitenkin ensin muuttaa omia toimintatapojaan. Mikään ei muutu sillä, että kaikki tapahtuu kuin ennenkin.

Mitä sinä haluat elämältäsi, jos yhtä ainoaa asiaa saisit toivoa? Miten voisit visualisoida sen? Mitä se vaatii sinulta?

Toisinaan se, mitä toivomme kaikista eniten, myös pelottaa eniten. Miksi? Todennäköisesti koska tiedämme, että se vaatii muutosta meissä itsessämme. Muutos on usein vaikea asia. Kuin hyppy tuntemattomaan, etukäteen ei voi tietää, miten käy. Joskus taas unelma on suuri, emmekä ole varmoja, uskallammeko tarttua siihen. Mitä muutkin sanoisivat, jos epäonnistumme? Mitä he sanoisivat, jos onnistuisimme? Molemmat ajatukset voivat olla yhtä pelottavia.

Yksi elämäni suurista haaveista on ollut kirjoittaa tarinoita ja julkaista ne muiden luettaviksi. Teini-ikäisenä päätin osallistua kirjoituskilpailuun. Muistan, miten 80 liuskaa piti saada valmiiksi määräajassa. Hakkasin huoneeni lattialla isäni vanhalla kirjoituskoneella sanoja paperille. Deadline lähestyi ja kouluakin piti käydä. Huomasin, etten millään tule ehtimään saamaan tarinaa valmiiksi, jos pitää istua koulussa koko päivän. Isä antoi luvan jäädä pois koulusta, jotta saisin tekstin valmiiksi – mikä helpotus! Sain opuksen postiin juuri ajoissa.

Muistan vielä tarinan. Se oli dramaattinen kertomus tytöstä, joka löysi oman hautansa. En kuitenkaan sijoittunut kilpailussa, eikä se olisi viimeinen kirjoituskilpailu, johon elämäni aikana osallistuisin.

Se, että en pärjännyt kirjoituskilpailussa ei tietenkään estänyt minua kirjoittamasta. Minulle kirjoittaminen itsessään on tärkeä osa unelmaa, ei se, miten kirjoituksillani pärjään jossain kilpailussa. En myöskään koskaan ole pelännyt julkaista kirjoituksiani, vaikka aina on olemassa riski, että niitä ei arvosteta. Miksi? Koska silloin antaisin pelon estää unelmieni toteutumisen.

Uskon vahvasti, että kun tekee sitä, mitä rakastaa, kulkee itselleen tarkoitettua polkua. Meillä kaikilla tulee polulla vastaan esteitä ja hidasteita, tekijöitä, jotka saavat meidät kyseenalaistamaan omat unelmamme. Itse uskon siihen, että niissä tilanteissa on tarkoitus entistä vahvemmin pitää unelmista kiinni, kiinnittää katse polkuun ja jatkaa sitä, mikä tuntuu sydämessä omalta. Toisinaan riittää kurssin hienovarainen korjaaminen, toisinaan voi olla, että joutuu taas hetken rakentamaan omaa uskoa unelmiinsa.

Loppujen lopuksi minun unelmani toteutuminen on ollut täysin itsestäni kiinni. Niin saattaa olla sinunkin unelmasi osalta.

Kiitos, että luit tämänkin tarinan loppuun.

Aikaisemmin olen julkaissut seuraavat fiktiiviset teokset:

Poika
BoD – Books on Demand, 2012

Kuin joki, joka virtaa lävitsesi
BoD – Books on Demand, 2015

Let me linger in this moment
Runo- ja novellikokoelma
BoD – Books on Demand, 2015

Löydät ne verkkokirjakaupoista tai osoitteesta www.bod.fi.